JN304269

幕府検死官　玄庵

血（けっとう）闘

加野厚志
Kano Atsushi

文芸社文庫

目次

第一章　夜鷹の仇討

一

不忍池《しのばずのいけ》の水面に淡い月影が映っている。目を移すと、夜風にそよぐ破蓮《やれはす》の向うには浮き島のごとく弁天堂が鎮座していた。

下級幕臣の逆井《さから》玄庵《いげんあん》は池ぞいの参道を大股で歩いていく。肩に担いだ三尺棒には薬箱が結わえ付けてある。総髪を後頭部でチョンと束ねた髪型は、慈姑《くわい》のかたちによく似ている。町人たちから慈姑頭とあなどられ、藪医者としての身分を隠しようもなかった。

若い玄庵は自嘲するばかりだった。

（なまじ長崎へ遊学したばかりに……）

要注意人物になってしまった。最新の解剖学を会得した蘭医は、人体の腑分けに興ずる異端者と見られているらしい。おかげで幕医としての出世の道はとざされ、今では南町奉行所付の《検死官》に甘んじていた。

小さな弁天堂には消えることのない万年灯が点っている。男たちの煩悩をあらわす焔とも見える。玄庵は高下駄の音をカラコロと鳴らし、誘われるように浮き島に通じる石橋を渡っていった。

蓮池を二つに分ける参道には、十数軒の水茶屋が建ちならんでいる。昼間は江戸庶民の憩いの場であり、夕暮れ時には若い男女らの密会場所となっていた。

だが夜半になると、妖しげな立ちんぼの娼婦たちの稼ぎ場に変ずる。案の定、石灯《いしどう》籠《ろう》の陰からムシロを横抱きにした夜鷹《よたか》が姿をあらわした。うりざね顔で二十歳半ばの女だった。

弁天堂界隈は、幕府のお目こぼしにあずかった公許の遊興地である。私娼取り締まりの任を負った町奉行所も、夜な夜な水茶屋付近に出没する夜鷹には手がだせない。それどころか、思いつめた視線を送ってくる若い娼婦とは深間の仲だった。

「恩にきるよ、玄庵さん。やはり来てくれたんだね」

「おしの、いつもながら男殺しの目だな」

「ええ、男を誘うのがあたいの稼業だもの」

かぼそい手が微妙にふれて、夜鷹の志乃がきわどい流し目を送ってきた。

玄庵は軽く手をふりはらった。

「よせやい、俺まで骨抜きにしようってのかい」

「でも、気をつけて。ねらう相手は名うての剣客だから」

「心配いらねぇさ。命のやりとりは仕掛けた者が勝ち残る」

「黒川宗二郎の決め技は上段からの面打ち。あたいのおとっつぁんも、その一手で無礼討ちにされたのだから」

「命の値段に差がありすぎる。たとえ武士が町人を斬っても、無礼者を成敗したと突っぱねれば罪科にゃ問われねぇ。それが幕政ってもんさ」

「でも、あたいの恨みは消えはしない。かならず黒川を倒す。たとえ獄門首になっても無念をはらしてみせる」

　志乃がきつく唇をかみしめた。

　親の仇討ちがゆるされているのも、やはり武士階級の者たちだけである。きびしい身分制度のなかで、弱者はいつも怨念を腹底に秘めて耐えてきた。最下級の寄合医師である玄庵は、若い娼婦の怒りが手に取るようにわかる。

　働き手の父親を亡くした一家は離散し、幼い志乃は養い親の叔父に女郎屋に売りとばされたという。江戸大火の折に運よく吉原から脱廓《だっかく》したが、どこにも行き場はない。日々の糧《かて》を得るには私娼として巷で客の袖を引くしかなかった。そうしたなじみ客の一人が長崎帰りの玄庵だった。

　元来、母亡《ははな》しっ子の玄庵は女の泣き顔に弱い。寝物語で志乃の哀れな境涯を聞くうち、いつしか情が深まった。

標的の黒川宗二郎は旗本の二男坊で、札付きの酒乱だった。実家からも勘当され、今ではヤクザの用心棒として酒代を稼いでいるらしい。その恐ろしげな眼光をさけて、気弱な町役人たちも大通りで黒川に出会えば黙って道をゆずる。

だが、玄庵は風狂の徒である。

また生粋の江戸っ子は無鉄砲と決まっている。逆井の姓が示すとおり、いつもの《さからい癖》がむっくりと頭をもたげてきた。

（親父どのが言うように、医は仁術なれば……）

哀れな夜鷹の仇討ちに助太刀するのも弱者への思いやりであろう。

それに検死官としての立場を利用すれば、死体の始末はどうにでもつけられる。奉行所勤めは煩雑で人手が足りない。なにせ百万都市の大江戸の治安を、わずか三百人ほどの与力や同心で守っているのだ。

浦賀沖に黒船が来航して以来、にわかに血なまぐさい事件が頻発している。変死体の死因など、いちいち気にする役人などいなかった。先年の三月三日、上巳《じょうし》の節句には幕府最高幹部の井伊《いい》直弼《なおすけ》までが桜田門外で水戸浪士たちに暗殺されていた。

（たかが小悪党の黒川が死のうと生きようと……）

気にとめる与力などいない。

明らかな斬殺死体を、入水自殺として処理することも可能だった。もしこの世に闇の殺し屋がいるとすれば、奉行所付の検死官が最も適任者だと思われる。

検死とは、すなわち剣死。

玄庵が記す死者の検死帖は、自身が一剣をふるって悪漢たちの命を断ち切る剣死帖にほかならなかった。

水茶屋で飼われている赤犬が、夜鷹の安白粉《やすおしろい》の匂いを嗅ぎつけて吠えたてた。

「どうやら女の色香も、お犬さまにゃまったく通用しねぇらしいな。おしの、事が始まるまで柳の木陰に隠れてろ」

「ちっ、いまいましいね。犬っころに見下されるなんて」

「こいつの暮らしは、おめぇよりもずっと上さ。水茶屋通いの旦那衆に尾っぽをふって、しっかり自分の食いぶちを稼いでる」

「こっちは夜ごとからだを切り売りしても、決まったねぐらさえないってのに。でも、いいさ。今夜はきっと恨みがはらせる。黒川には水茶屋になじみの仲居がいて、もうすぐやって来るはずだから」

「いいか、俺が先に黒川に斬りつける。そのあと、奴にとどめを刺すも見逃すもおめぇの勝手だ。好きにしな」

「迷いはないよ。殺すッ」

志乃は島田まげに差した銀かんざしを抜き取り、ギラリと月光に照らしてみせた。両の瞳がうっすらと濡れていた。

玄庵の心に、ふっと迷いが生じた。

（……こいつ、死ぬ気だ）

亡父の仇を討ったあとで自決するつもりらしい。

今夜積年の恨みをはらせば、つらい浮き世でこれ以上生き抜く必要もない。また殺しの下手人が現場で自害すれば、玄庵に迷惑が及ぶこともなくなる。

十戒の殺生も、死にとりつかれた薄幸な女には歯止めとはならない。成り行きで助勢を請け負った玄庵も、自分の役目をきっちりとこなすだけだ。

「なら、殺《や》るぜ」

「なんだか足がふるえてきた」

かぼそい声で言って、志乃は暗い樹下に身をひそめた。

無理もない。仇討ちは被害者側の縁者がいつも勝ち残るとはかぎらなかった。

生死転瞬。

逆目もあり得る。せっかく見つけた親の仇の反撃をうけ、縁者らが斬り殺された事例も見うけられる。返り討ちもまた見事な武士道として認識されていた。

（そうはさせない！）

白昼、正面から闘いをいどむつもりはない。弱者の命を軽んじる酔漢など、待ち伏せて闇討ちでしとめるまでだ。

玄庵は中腰になり、薬箱をはずした三尺棒をズンッと腰帯にぶっこんだ。仕込み杖の内には、刃渡り二尺三寸の刀身が納まっている。師の都治月丹《つじげったん》から伝授された抜刀術は実戦向きだった。無外流《むがいりゅう》奥義《おうぎ》の疾風剣は二の太刀まで。たがいに近距離で斬り合えば、速さにまさる居合い抜きが必勝する。

夜風が頬をなぶる。拍子木の乾いた音と共に、遠く近く上野黒門前の方面から『火の用心』の声が聞こえてきた。

月明かりの下、前方の参道から黒羽織をまとった巨漢がまっすぐ歩いてくる。予想以上に背丈があった。

（あの上背から得意の面打ちを食らえば……）

仕込み杖の細い刀身で防いでも、一撃で粉々に刃は砕け折れるだろう。

久しぶりの難敵だった。

近づくにつれ、全身から発する剣気に圧倒された。旗本の黒川は幕府講武所で剣技を学び、柳生新陰流の皆伝を得た遣い手だった。おのれの腕を誇り、最近では辻斬りめいた日々を送っている。しかも卑劣なことに被害者の大半は町人たちだった。

むこうみずな玄庵だが、本業は医療である。

剣の力量は黒川が一枚上だった。機先を制するしか勝ち目はない。玄庵は仕込み杖に左手をそえて直進し、一気に間合いを詰めた。

石灯籠《いしどうろう》の微光が二人の影を映し出す。夜の参道で異様な慈姑頭の通行人に出くわし、豪気な黒川も足をとめて身構えた。

「何奴だッ」

「見りゃわかるだろ。病《やまい》の診断《みたて》をする藪医者さ」

「医者の分際で、武士の行く手をはばむとは」

「また無礼討ちかよ。これまで罪もない人たちを次々と殺めやがって。黒川、てめぇの病名は臓腑の腐った《腹膜炎》だ。この場で胴体をかっさばいて開腹手術してやるぜ」

ちゃんと調べはついている。

奉行所の書庫で調書を内覧し、かれのこれまでの歴程をあぶりだしていた。凄腕の黒川宗二郎は、名刀の試し斬りで裏金を稼いできたのだ。依頼主たちはワラ束を両断するだけでは物足りず、実際に人を斬り殺す際の切れ味を試したがった。志乃の父親も、そうした犠牲者の一人だったようだ。

一連の黒川の凶行は無礼討ちとされ、不問にふされた。どうやら試し斬りの依頼者が幕閣につながる高家の者たちだったらしい。玄庵が夜鷹の仇討ちに手を貸す気になったのも、そうした裏事情があったからだ。

黒川が酷薄な笑みを片頰にきざんだ。

「ちょうどいい、さるお大名から備前長船《びぜんおさふね》の試し斬りを頼まれておる。それに行きずりの藪医者を斬れば、逆に助かる患者もふえるだろうしな」

「当方も同じくさ。正式に殺しの依頼をうけてる。目の前で父御を斬り殺された娘が、仇を討ってくれとよ」

「その落ち着きぶり、ただの医者ではないな。なにやら血なまぐさい臭いがする」

「身にしみついた死臭ってやつさ。湯浴みをしたってけっして消えやしねぇ。丹念に死体を切りさばいた数なら百をこえてる。生きたゲス野郎を斬るのは今夜で四人目だ」

「きさま、腑分け狂いの《人斬り玄庵》だな！」

「ご明察。解剖学をならった蘭医は世の嫌われ者さ。そして、ここがてめぇの死地だ。くたばりやがれッ」

口汚く愚弄し、相手の心を乱そうとした。

だが、真剣勝負に狎れた黒川は自分の間合いをずらさない。さっと腰を沈め、すばやく大刀の柄に右手をかけた。

「そんな仕込み杖など玩具同然。一合すれば折れとぶ」

「どうかな。試してみるかい」

　臆して引き足を使えば、瞬時に相手につけこまれる。玄庵も仕込み杖の柄を右手で握り、撃尺の距離にさらに一歩踏みこんだ。

　一足一刀。

　たがいに絶妙の斬り間となった。あと半歩進めば、どちらかの命が断ち切られる。玄庵の背にタラリと冷たい汗が流れ落ちた。

　バサバサッと夜鴉《よがらす》がそばの楓の梢から飛び立った。黒川の足さばきが乱れ、体勢をくずしたまま抜刀して斬りつけてきた。

「どりゃーッ」

「させるかよ！」

　間髪を入れず、玄庵は仕込み杖を抜き放って横車に払い斬った。

　刀身が軽量なので抜く手が速い。鋭利な切っ先が鞘内から噴出し、黒川の右脇腹を深ぶかとえぐった。

　元来、争闘は先手必勝である。だが、居合い抜きは受け身の技だった。先に鞘走らせた相手に対し、いつも納刀状態で闘わねばならない。後の先を制することが無外流の決め手なのだ。

　勝負は一撃で決した。

組太刀に自信のある剣客も、熟練の抜き打ちは避けきれない。腹部に裂傷をうけ、巨漢は独楽《こま》のように一回転して池端へ横倒しになった。武士の魂の大刀も右手からすべり落ち、血だまりのなかで激痛にあえいでいた。

「苦しいッ、息がつまる……」

「わかったろ、刀傷はめっぽう痛い。とくに生き胴斬りは」

「助かる傷なら救ってくれ。あんたは長崎帰りの外科医だとか」

「すぐに縫合手術をすれば出血はとめられるだろう。だが、残念ながら麻酔薬の持ち合わせがない」

「これでも武士のはしくれだ、麻酔なんぞいらない。たのむ、痛みはがまんするから傷口を縫ってくれ」

どれほどの遣い手も、深手を負えば婦女子よりも脆弱だ。うつろな視線で、しきりに命乞いをした。

川に落ちた狂犬に情けは無用。

玄庵は懐紙で血刀をぬぐい、しだれ柳をふりかえった。

「おしの、自分の手で決着をつけな」

「……あいよ」

うつけた声をもらし、銀かんざしを手にした志乃がよろめきながら進み出てきた。

死闘を目の当たりにして、顔から血の気がひいている。仇の男は血まみれで、横腹からは臓腑がはみだしていた。

「とどめを刺すなら急所は首筋だぜ」

「わかってる、でも……」

「もし殺す気が失せたのなら、この男の傷を縫って止血するぜ」

自分が斬った相手を、自分で縫合して命を救う。

矛盾した言動も玄庵の特質であった。医師でありながら人斬り。幕臣なのに尊皇。若い蘭医のふるまいは常に破天荒だった。

女の顔につよい意志が走った。

「あたいのおとっつあんも命乞いをした。だけどこいつは平然と刃を振り下ろしたンだよ。ゆるすわけにはいかない。刺す！」

走りこみざま、志乃が手にした銀かんざしで黒川の頸部をズブッと刺しつらぬいた。

「うがッ……」

短く叫び、巨漢が池端で全身を痙攣《けいれん》させて息絶えた。

女の息づかいが荒い。返り血を頬に浴びた志乃の面相は、絶命した黒川よりも青ざめていた。

玄庵は遺体を池に蹴落とし、春愁の月を見上げて言った。

「黒川宗二郎は殺されて当然の悪党だ。水茶屋通いの夜道で賊に襲われて落命となれば、《士道不覚悟》で家名にも傷がつく。これまで試し斬りにされた多くの被害者たちの無念も少しは晴れるだろう」

「これで心残りはなくなったよ。すっかり力がぬけちまった。何があろうと玄庵さんには迷惑はかけないから」

「おっと、そうは言わせねぇぜ。おれたちは仏の説く殺生戒を共に破った。二人の逝く先は血の池地獄と決まってる。先に死なすわけにはいかない。今後はおれの手足となり、検死官の密偵として働いてくんな。おめぇの流し目はなにかと役立つ」

「すっかり汚れて惜しくもないこの命、使い捨てにしてくださいな。夜の巷の悪党どもを色香で誘い、地獄の道連れにしてやる」

血に染まった銀かんざしを右手にかざし、若い夜鷹が妖艶に笑ってみせた。

二

江戸の朝は明け六ツの鐘によって呼び覚まされる。

春先だと、あたりはまだ薄暗い。各所にある時鐘楼の鐘が鳴り始めると町ごとに木戸が開かれる。そして勤勉な豆腐屋や納豆売りが早暁の路地を練り歩いて物品を売りさばいていくのだ。

けれども、浅草の芸人横町の朝はいちばん遅れてやってくる。その名どおり講釈師や三味線流しなどが根城とする界隈であった。

仮睡の夢を追う午前、横町には諸国から集まった遊芸人たちが早足で行き交っていた。派手な衣装の曲独楽回《きょくこままわ》しや厚化粧の比丘尼《びくに》らを傍観し、玄庵は浅草の裏通りにある斎藤一《さいとうはじめ》宅を診療に訪れた。

斎藤は患者というより剣友である。かつて長崎遊学の折、玄庵は明石城下の色町に三月ほど長逗留し、事のついでに高名な都治月丹道場で無外流を習った。そこで同門の明石藩足軽と親しくなり、若い二人は剣と女を競い合ったものだ。

抜刀術の目録をとった玄庵が長崎に去った後、遊びぐせがぬけない斎藤は金銭上の不始末で明石城下から逐電《ちくでん》したらしい。その後は諸国を放浪し、身一つで江戸までたどり着いたという。今は遊芸人たちにまじり、得意の居合い抜きを大道で披露してわずかな日銭を稼いでいる。

玄庵は、無遠慮に立て付けの悪い表戸をこじあけた。

朋友の斎藤がむっくりと古布団の上に半身を起こした。そして無精ひげを左手でなでながら親しげな笑みをむけてきた。

「あいかわらずだな、玄庵さん。一声かけてから戸を開けなよ」

「こんな三畳一間のボロ家、盗られるもんなどねぇだろ。見なよ、一の字。ほら、玄米の特製笹巻きずしだ。海老と小鯛を清涼な笹の匂いが包んで絶品さ。わが家のお加代婆につくってもらった」

破れ畳に大あぐらをかき、玄庵は折詰の細紐を器用にほどいた。

斎藤がぺこりと頭を下げた。

「いつもすまねぇな。からっけつで薬代も払えないってのに」

「礼なら、料理自慢の加代に言いな。逆井家を仕切ってるのは、五十年も勤めてる飯炊き女だ。とかく面倒見がよくて、おめぇのことも気にかけてくれてる」

「そうか。玄庵さんにとっちゃ乳母みてぇな存在だからな」

「本日の治療薬は、この固い玄米だ。これ以後は大好きな酒と女をひかえ、玄米食に切り換えろ」

「よく言うぜ、まったく。いつもぶっそうな仕込み杖を持ち歩き、廓通いがやめられないくせに」

「それだけへらず口を叩ければ、江戸病も逃げ出すだろう。地方から集まるうまい白米ばかり食ってるから、江戸で暮らすと脚気《かっけ》をわずらう。いわば贅沢病さ。まずい麦や玄米を食ってりゃ、いずれ快復する」

若い蘭医の診断に嘘はない。

徳川家の歴代将軍たちの多くは脚気がもとで病死している。

現将軍の徳川家茂《いえもち》も同じ病に罹《かか》って床に臥すことが多かった。だが将軍お目見えの奥医師たちは、滋養強壮をむねとする漢方医であった。栄養食ばかりを奨め、かえって家茂公の病状は重くなるばかりだった。

お目見え以下の寄合医師は治療に口をはさめない。父の逆井泰順《さからいたいじゅん》は徳川恩顧の家臣で、将軍様の排便を日ごと検査し、その色合いや固さ柔らかさを吟味するのがお役目であった。いつしか糞便の臭いが全身に染みつき、医師仲間からは藪医者ならぬ『糞医者』と呼ばれていた。

その蔑称が嫡男にまで引き継がれるのをさけるため、玄庵を長崎に遊学させたらしい。しかし最新の解剖学まで習得した蘭医は、主流派の漢方医らに冷遇され、変死体をあつかう検死官に任命されてしまった。

落胆した父の顔を見るのがつらかった。

『医は仁術』が口癖の逆井泰順は、儒教の最高の教えである仁の志を実践してきた。上様に忠義を尽くすだけでなく、貧者に対しても情け深くおもいやりがあった。夜中でも下町へ往診に出かけ、生真面目に治療をほどこした。しかも、往診料は薬代こみで三十文と決めていた。

日雇い人足の賃金はざっと一日六十六文。その半額にも満たない治療費である。おかげで逆井家は貧乏所帯だった。壊れた屋根も修理できず、ずっと雨漏りがしている。

（高位の漢方医たちから糞医者とあなどられる父こそ……）

江戸庶民にとっては最上の名医であろう。身近に居て煙たい存在だが、玄庵はだれよりも父泰順を尊敬していた。

名高い奥医師などは、従者を八人も引きつれて往診に行く。診る患者は大名や富商にかぎられ、初診料は一回五十両。薬代も七日分で七十両。合わせて百二十両もむしりとる。

これまで最高額の治療費をせしめたのは、慶安期の狩野玄竹だと聞いている。奥医師だった玄竹は、老中堀田正盛の胃痛を秘伝の丸薬で治し、なんと二千両の特段金を得たという。

古いせんべい布団の上で、小鯛の笹巻きずしを頬張った斎藤一が涙目になった。

「ありがてぇ、こんなうまい病人食は食ったことがねぇや」

「一の字。食うのか、泣くのか、どっちかにしろ」

「うけた恩義はかならず返す。もし玄庵さんの身に危難が迫ったら、相手がどんな多勢でもおれが楯になって防ぐ」

「そうだな。目録をうけた無外流抜刀術は二の太刀まで。二人以上の敵は倒せねぇ。ひょっとすると、おめぇの助力が必要なときがくるかもな」

「それが剣友ってもんだろ。先ごろ牛込柳町まで足をのばし、日銭稼ぎの居合い抜きを見せていたら、通りすがりの壮士に声をかけられてな、その腕がもったいないと。よければ自分の道場の食客にならぬかと誘われた」

「目が高いな。四尺二寸の長剣を一呼吸でひっこ抜けるのは斎藤一だけさ。して、その壮士の名は」

「近藤勇」

「聞いたことがある。牛込で天然理心流の道場をひらいている四代目当主だろ。多摩で広まった田舎剣法で、竹刀での試合はめっぽう弱い。しかも近藤は百姓身分だ。おかげで月謝を払ってまで習うやつなんぞいない」

「いや、近藤さんには古武士の風格がある。真剣勝負ならかれらが勝ち残るだろう。試衛館へおもむいて手合わせをしたが、塾頭の沖田総司なる若者に見事に突き技をくらって一本とられた」

「三段突きの沖田か」

「あんな強いやつに出遭ったのは初めてだ。小手先の抜刀術などまるっきり通用しない。試衛館の食客となって、天然理心流の真髄を教わるつもりだ」

「そうしろ、一の字」

玄庵はこっくりとうなずいた。

放浪の一匹狼が、やっと住み処を見つけたようだ。酒びたりの生活をぬけだし、早起きして町道場で心身をきたえれば江戸病も快癒するだろう。

（そして何よりも……）

朋友が日々の食いぶちにこまらないのが喜ばしい。

また牛込の試衛館なら、小石川にある逆井家の近場なので気軽に診療にでかけられる。食い詰め浪人を食客として迎え入れてくれた近藤勇に、玄庵は好感を抱いた。

けれども、その近藤一派がわずか二年後に入京して新撰組を結成し、洛中を血で染める最強の武闘集団になろうとは玄庵は知る由《よし》もなかった。

朋友に笹巻きずしを差し入れたあと、玄庵の足は東叡山へと向けられた。別名を上野寛永寺と言い、徳川家の菩提寺であった。寛永二年（一六二五）、江戸城の鬼門を護るため、天海僧正の進言により丑寅《うしとら》の方角にある上野山に壮大な寺院が建てられた。

永世繁栄を祈願する寛永寺には歴代将軍が土葬され、防腐剤を注入された木乃伊《ミイラ》たちが、鬼と目される西国大名たちに上野山から睨みをきかせていた。

死者にも強い意志がある。

検死官の玄庵は、そのことを充分に承知している。物言わぬ死体ほど雄弁なものはない。『私はこの場所で、こうしてこうして殺されたのですよ』と全身で訴えかけてくる。嘘で塗り固めた生者たちとちがって、死者は愚痴もこぼさず真実だけを語ってくれる。

検死官はその声をもらさず聞き取り、殺害方法や死因を特定して真犯人を捕縛《ほふ》する。そして奉行所の手にあまる場合は、玄庵みずからが一剣をふるって悪党どもを屠ってきた。

検死官とは、すなわち剣死官。

いずれにしても死をつかさどる執行人にちがいなかった。上野広小路から不忍池へと歩を進めながら、玄庵は苦く笑った。

（……犯人はかならず殺害現場に舞い戻るというが）

気がつけば、水面の破蓮がカサコソと目の前でそよいでいた。昨晩殺した黒川の怨念にとり憑かれ、死地へ足を踏み入れたのかもしれなかった。折しも水死体が池縁に引き揚げられ、顔見知りの町役人が検分している最中だった。

慈姑頭の玄庵はどこにいても目立つ。

大小刀をかんぬき差しにした若い同心が、十手をかざしてふりかえった。どこかしら眠たげな垂れ目にサッと喜色が走った。同じ下級幕臣の国光平助は死体検分が苦手で、いつも玄庵に頼りたがる。

「よかった、さっそく来てくれたんですね。半時前に番所へ通報があって、居合わせたわたしに死体引き揚げのお鉢がまわってきたんです。あとは検死官の玄庵さんにまかせますよ」

「いや、今日は非番だし。たまたま通りかかっただけだ」

「そんな事言わないで、せめて死因だけでも調べてください。見たところ武士の風体だし、横っ腹を見事な太刀筋で斬り裂かれてる。懐の財布は盗られてないので、たぶん動機は怨恨でしょう」

「それだけ判ってりゃ充分だろ」

「いや、一点だけ腑に落ちないところが。死体の首根っこに深い刺し傷が残ってまして、それが致命傷になったと思われます。小さな傷口からみて、鋭利なかんざしが凶器なのでは」

「平助、何が言いたい」

動揺を押し隠し、玄庵はさりげなく問いかけた。

とかく垂れ目の男は好人物に映る。しかし、同輩の平助の頭脳はあなどれなかった。人一倍匂いに敏感で死臭が苦手だが、恐ろしいほど鼻が利く。

「つまり、こういうことです。大刀を使った見事な胴斬りと、女たちが使うかんざしの刺し傷。この相反する二ヶ所の傷が意味するものは」

「下手人は男女二人ってことか」

「当たり」

「まず男が被害者に斬りつけて重傷をあたえ、女がかんざしでとどめを刺した」

「それも当たり」

「だったら、もう俺の出番はないぜ」

「大有りですよ。羽織の家紋と財布の中にあった証文から身元がわかりました。被害者は旗本黒川大膳の二男坊で黒川宗二郎。酒乱ですぐに刀を振りまわす名うてのワルです。父親の大膳が幕府の目付なので奉行所は合い口が悪い。なにせ目付は役人たちの内部調査を任務としてますし、敵にまわせば厄介だ。なので、われらもこれまで手がだせなかった。今回も事件は表ざたにはならず、闇に葬られるでしょうね。だからこそ、せめて宗二郎の不行跡は明らかにしておきたい。お得意の腑分けとやらで、やつの死亡時刻だけでも調べてくれませんか」

「わかったよ。この場で検死する」

垂れ目の平助の熱弁をさえぎり、玄庵は薬箱から開腹手術用のメスをとりだした。それは長崎の出島でオランダ人医師から譲り受けた一品だった。

皮肉にも、自分が手にかけた黒川宗二郎と対面することになった。しきりに死体が恨み顔で語りかけてくる。『おれを殺したのは南町奉行書付の検死官だ』と。

だが、いったん死体解剖にとりかかれば心の乱れはない。手早く黒川の着衣を剥ぎ取り、横隔膜から下腹部までメスで縦一文字に切りさばいた。

「うっ……」

生ぐさい死臭にたえきれず、そばにいた平助がヘドを吐いた。

かまわず玄庵は遺体の胃腑にもメスを入れ、中の残滓物を丹念に調べあげる。

「水は飲んでないから溺死ではない。池端で殺されたようだ。胃酸で溶けた食い物の加減からみて、死後半日ぐらいだな」

「……なれば、昨晩遅く襲われたってことですね」

「胃の中身は油揚げと蕎麦とネギだ。近くの上野広小路あたりで売り歩く夜泣き蕎麦の屋台をあたってみろ。きっと前夜の黒川の足どりがつかめるだろうぜ」

そう言って、玄庵は油揚げの切れっぱしを同輩の手のひらにのせてやった。

垂れ目の平助が、またも激しく嘔吐した。

三

日本橋は水陸交通の要衝である。

駿府から江戸へ入府した徳川家康が、朝廷より征夷大将軍に任じられ、名実共に天下人となった慶長八年（一六〇三）に架橋されたという。

逆井家の先祖は足軽身分だったと聞いている。

（こうして幕臣の末端に連なり、年四十俵四人扶持の俸禄をいただいているのも……）

神君家康公の計らいであろう。

逆井家嫡男の玄庵にとって、初代将軍徳川家康は文字通りおごそかなる神であり、君主でもあった。それゆえ御政道をねじまげて私利私欲に走る高官や、江戸庶民を害する悪党どもがゆるせなかった。

（かつて家康公が広大な武蔵野に構築しようとしたのは）

恒久の平穏だと玄庵には思われる。

そして四民の暮らしを守るため、神君は巨大な城下町の建設にのりだした。真っ先に手がけたのが街道と水路の整備だった。江戸開府により、城の周辺には諸大名の上屋敷が建ちならび、街道伝いに遠方から商人や職人たちがどっと流入してきた。

城の外堀に通じる水路に架けられた日本橋は五街道の起点となり、また全国から運ばれてくる物資の荷揚げ地でもあった。

橋の南詰には政令を知らす高札場があり、北詰は魚河岸や米の集積所となった。ほかにもあらゆる日用品が小舟で運ばれてくる。そのため日本橋界隈には豪商がこぞって大店をひらき、通りのにぎわいは夕暮れ時になっても薄らぐことはない。

おかげで遊芸人たちへの投げ銭も祭日にはかなりの額になる。

「おっと、あれは」

通りすがりの玄庵が人だかりに目をやると、剣友の斎藤一が客寄せの口上を声高にのべていた。玄米食に切り換えてから、すっかり体調が良くなったらしい。

声に張りがあり、身ごなしも精悍だった。

「さーて、お立ち会い。ここに手にした五尺の長剣は、古今無双の名匠たる五郎正宗《ごろうまさむね》が鍛えし大業物《おおわざもの》。なれば抜く手も見せぬ抜刀術にて、三段重ねのワラ束を一刀のもとに両断してごらんにいれる。うまく運べば寸志を頂戴いたしたい。いざ、ごらんあれ」

さすがに五尺は誇大文句だが、四尺二寸の長剣を抜き放てるのは長身の斎藤しかいない。手足が異様に長く、腰をひねって鞘走らす呼吸も心得ていた。

「どりゃりゃーッ！」

調子づいた斎藤が、気合いもろとも抜刀してワラ束をザンッと両断してみせた。

遊芸人の域を超えた見事な居合い抜きの一閃だった。見物客たちは喝采し、子供連れの裕福な商人らが二朱金をザルに入れた。

（斎藤の怪力で、あの長剣を大きく旋回させれば）

大勢の敵にかこまれても、巻き起こる剣風で全員をなぎ倒すことができるだろう。

玄庵は、あらためて斎藤一の凄みを知らされた。そして、その斎藤を一撃で突き倒したという沖田総司なる若者こそ、まさに江戸随一の剣士かもしれない。

日本橋の路上で抜刀術の荒技を披露し、たんまり稼いだ流れ者がザルの銭を布袋に入れかえて手柄顔で近寄ってきた。

「今日はめったにない大入りだ。お加代婆さんの笹巻きずしを食ってから流れが変わった。この銭で羽織袴を新調し、明日にも牛込の試衛館をたずねるつもりだ」

「それは良い思案だ。一の字、人の縁を大事にしなよ」

「今となれば、逆にそっちのほうが心配だ。気をつけな、さっきから軒陰でずっとあんたを見張ってる男がいる」

「どんな野郎だ」

玄庵はふりかえらずに訊いた。

声を低めて斎藤が言った。

「角顔で人の良さそうな垂れ目。だが、眼光はするどい」

「だったらかまわねぇ。俺の同僚で、なんにでも首を突っこんでくる定町廻り同心さ。なにか大事な報告でもあるんだろ。人見知りなので、おめぇと一緒だと声をかけづらいのかもな」

「ちっ、奉行所のお仲間かよ。なら、邪魔者は消えるぜ」

ずっしり重い布袋を懐に入れ、斎藤はさっさと日本橋の大通りから歩き去った。

入れ替わるように、垂れ目の平助が駆け寄ってきた。

「玄庵さん、大道芸人と親しいとは知りませんでした。まるで百年の知己のごとく親しげに語り合っておられた」

「腐れ縁の遊び仲間さ。で、何用だ。しかつめらしい顔つきだが」

「歩きながら話しましょうや」

「他人に聞かれちゃまずいってことだな」

男の長話は災いを招く。

何気ない会話も、どこで他人の耳に入るかわからない。ましてや日本橋の往来ならなおさらだ。

「ま、そんな案配です」

おもわせぶりに言って、平助が人気のない脇道に歩を進めた。

玄庵の胸に不安の種火が点る。正義感のつよい同輩は《黒川宗二郎殺し》の一件をしぶとく追っていた。もしかすると、事件に玄庵が関わっていることを嗅ぎつけたのかもしれなかった。

気軽な口調で探りを入れてみた。

「平助、隠密捜査はどうなってる」

「検死の死亡推定時刻はどんぴしゃでした。玄庵さんに言われたとおり現場近くの夜泣き蕎麦屋をあたってみたら、事件当夜に黒川とおぼしき侍が立ち寄って蕎麦を食ったと。しかし、それだけのことです。下手人につながる手がかりはほかになかった。逆に上役の与力に先走るなと注意されたぐらいで」

「それにしても、お奉行の井上清直さまも弱腰だな」

「相手も必死ですよ。勘当した二男とはいえ、闇討ちに遭って斬り殺されたとなれば武門の恥。黒川大膳も目付をやめて蟄居《ちっきょ》しなきゃならねぇだろうし」

「そう。へたをすりゃ士道不覚悟で黒川家はお取り潰しになる」

「じつは今朝早く、その黒川家から三十両ほど御礼金を送ってきたんです。わたしが事件の担当者なので、金で口をふさごうとしてるんでしょう。どうすればよいものか判断に迷って……」

「それで俺に相談を持ちかけたってわけか」

「ええ、しょせんわたしたちは下級幕臣。ここで変に騒ぎ立てれば、目付の大膳に手ひどいしっぺ返しを食らうでしょうし」

「答えは決まってる。三十両をありがたく頂き、捜査は裏でじんわりと続行する。おめぇの良心が痛まないていどにな」

「その手があったか。さすが長崎帰りの俊才は考えが柔軟ですね、進むべき道順が見えてきました」

打開策をさずけられ、平助の両の目尻がさらに垂れ下がった。

玄庵は少し心が痛んだ。垂れ目の平助が追っている《侍殺し》の下手人は、まぎれもなく目の前にいる同僚なのだ。そして自分が殺めた被害者の検死までしていた。

「玄庵さん、それと、もう一つお伝えしなきゃならない怪事件が勃発しまして」

「まだあるのかよ」

「こっちのほうが難題かもしれません。五日前に事件が起こった不忍池近くの黒門前で、今度は若い女が殺されました。首を刺され満開の桜の枝に逆さづりで吊り下げられてたんです。この連続殺人は、きっとつながりがあると思われます」

「ひでぇな、遺体を逆さづりとは。殺しを楽しんでやがる」

「殺害現場は上野寛永寺の黒門前。いったんは町奉行所のわたしたちが桜の樹下に駆けつけたのですが、寺社奉行所の連中が割りこんで来やがって」

「むこうさまに分があるぜ。たしかに黒門前は庶民の花見場所だが、門をくぐった境内は徳川家の菩提寺だ。そこは寺社奉行の管轄だろ。女殺しの悪党め、微妙な場所を選んだな。で、検死はだれがした」

「あまりに猟奇的なので寺社奉行所では手に負えず、格上の表法印医師がのりだしてきて死体を調べたとか」

表法印医師は、将軍の脈をとる奥医師につぐ高位である。

その名称どおり表御殿に詰めて、登城する諸大名や旗本らの急患に備える役目だった。時には男子禁制の大奥へも出入りし、奥女中たちの病状を診ることもあるらしい。

玄庵の脳裏に優秀な青年医師の姿が浮かんだ。

共に長崎で西洋医学をまなんだ田宮芳斉《たみやほうさい》である。年齢も家禄も相手が上だが、妙に気があう学友だった。何度も朝まで飲み明かし、医学の未来について熱く語り合ったものだ。蕩児の玄庵とちがって、猛勉強をかさねた田宮はわずか二年で蘭医として独り立ちした。

そして一足早く江戸に帰東した田宮芳斉は、医療の手腕を認められて表法印医師に抜擢されたのだ。

人は皆、小さな運命の曲輪《くるわ》から抜けだせないらしい。

(今度は、あの芳斉が逆さづりの遺体を調べるとは……)

玄庵は、つくづく宿縁の怖さを感じとった。

近場で二件の殺しがあり、それぞれの死体を同じ長崎帰りの二人の蘭医が検死したのだ。平助の推論どおり、この事件は裏でつながっているにちがいない。

さらに深読みすれば、黒川宗二郎殺しにからむ何者かが、検死官の玄庵に挑戦状を叩きつけてきた気もする。

脇道を抜け、潮の匂いがする夕陽の河口にでた。玄庵は小石をひろって遠くへ投げた。水面に落下し、波紋がひろがっていく。

「平助、殺された女の身元はわかったのか」

「姓名までは判明しませんが。わたしが近くで目視したところ、年のころは二十五歳前後。うりざね顔で色白のめっぽう艶っぽい女でした」

「なんだって！」

玄庵の声が裏返った。

年齢や姿形がぴったりあてはまる女がいる。

あの凶行の晩以来、夜鷹の志乃とは逢わずにいた。二人の関係が露見すれば、一蓮托生で捕縛されてしまう。それを避けるため、三ノ輪の裏長屋に家を借りてやり、ひそかに志乃を囲っておいた。

嫌な予感が玄庵の心身を浸す。

（……もしかすると、被害者はおしのなのでは）

目付の大膳が配下の者たちに命じ、宗二郎にとどめを刺した志乃をつかまえてなぶり殺しにしたとも考えられる。目付は黒鍬者《くろくわもの》を手足として使い、内部調査の結果しだいで暗殺指令を発することもできる。そうした闇の権力を、私怨のために行使したのではないだろうか。

すっかり余裕をなくした玄庵を見て、垂れ目の平助のまなこがいくぶん吊り上がった。

「どうしたんです。被害者に何か心当たりでもあるのですか」

「いや、そうじゃない。表法印医師の田宮芳斉とは長崎の蘭学塾で机をならべた親しい仲だったものだから。今ではすっかり差をつけられちまったが」

どうにか言いつくろった。

平助は疑うことなく、田宮の栄達ぶりにふれた。

「破格の出世ですよね。あと五年もすれば、将軍家茂さまに付きそう奥医師にまでのぼりつめるでしょう。すね者の玄庵さんとはえらいちがいだ。この世はやはり閨閥《けいばつ》がものを言います」

「どこまで調べた。地獄耳の平助、聞かせろや」

「番町に屋敷をかまえる黒川大膳の子は二男一女。死んだ宗二郎の下に香澄という娘がおります。玄庵さんの話にでた田宮芳斉とは許嫁《いいなずけ》の仲でして。長男の清十郎も小姓組番頭ですし、ゆくゆくは幕府高官になることでしょう」

「知らなかった。田宮の出世は黒川家の引きだったのか」

その田宮が、わざわざ寛永寺黒門前まで出向いて検死を行ったのだ。どう考えても目付の大膳のさしがねだと思われる。

同行の平助も察したようだった。

「黒川さまも大変ですよね。上野界隈で二件つづけての殺し。なりふりかまわず事件をもみ消そうとしておられる」

「平助、身辺に気をつけろ。妙に正義漢ぶって、これ以上事件に首をつっこむとおめぇにも魔手がのびるぜ」

「ここまできたら後には引けません。貧乏御家人のこちとらの俸禄は年二十俵二人扶持。一方の黒川家は千石取りの直参旗本。相手にとって不足なしです。とことん食い下がりますよ」

「あいかわらずの石頭だな」

「どうせ出世とは無縁の同心稼業。玄庵さん、手を組みましょうや」

「そう言うからにゃ、何かもくろみがあるんだろ」

「ご学友の田宮芳斉さまの自宅は、この近くの日本橋堀留町にあります。ひさしぶりに訪ねて旧交をあたためてはいかがですか」

「のったぜ、その話」

　玄庵は即答した。

　間延びした顔立ちだが、平助は先読みができる知恵者だった。旧友の芳斉と酒を酌み交わして、それとなく検死結果を聞き出せということらしい。

　それに志乃のことも心配だった。

すでに陽も暮れかかっている。遠方の三ノ輪へ行って安否を確認するより、すぐ近くの堀留町へ向かうほうが手っ取り早い。

「やつの自宅は知ってる。聞き取った仔細はお前に伝える。事件現場の黒門前で明朝会おう。じゃあな」

そう言いおいて、玄庵はさっと踵《きびす》を返した。しきりに気が急《せ》く。やはり不安をぬぐいきれない。大股で運河の小橋を渡って田宮邸へと歩を進めた。

知力のすぐれた平助とちがって、玄庵は体力で勝負してきた。前へ前へと進み、単刀直入に敵の内懐へとびこんで難題を解決するほうが性に合っていた。

だが、玄庵の意気込みは空回りしてしまった。

堀留町の角地にある田宮家の門を叩いたが、あいにく当主の芳斉は不在だった。出鼻をくじかれた玄庵は、川沿いの柳通りでしばし黙考した。

（……やはり三ノ輪へ突っ走るしかないのか）

だが、悠長に構えてはいられなかった。こちらが逡巡しているうちに、黒覆面の五人組が先手をうって小橋を走り渡ってきた。薄闇の中、凶漢らは抜刀して玄庵の前に立ちふさがった。

首領らしき男が野太い声を発した。

「蘭医の逆井玄庵だなッ」

「見りゃわかるだろ。慈姑頭に薬箱、仕込み杖を腰にぶっこんでる。今夜の俺はめっぽう機嫌が悪い。これ以上怒らすと血の雨が降るぜ。そっちこそ、どこのどいつでィ！」

「答える義理もなし。西洋かぶれの姦物め、天誅を加えてやる」

見下すように言い、剣先を中段に構えて肉薄してきた。そして統制のとれた動きですばやく玄庵をとりかこんだ。四方から包み斬りにする戦略らしい。

玄庵は窮地に陥った。

いつもは仕掛けるがわの立場だった。口では強気にでたが、やはり守勢になると体の動きが重くなって足がもつれる。標的とされた者の恐怖が、この場になって理解できた。抜刀術に長《た》けた玄庵だが、その能力には限界がある。五人の敵にかこまれたら脱出策はない。二の太刀をふるい、前をふさぐ二名を斬り倒すのが精一杯だ。

連中は殺しに狎れているらしい。

横合いにまわりこんだ二人は槍まで用意していた。居合い抜きが充分に発揮できるのは、相手が正面から刀身で立ち向かってくる時なのだ。長柄の槍だと抜刀しても剣先がとどかない。

（俺の決め技まで知ってやがる）

充分に下調べをした上で標的をしとめるのは、殺人集団の黒鍬者しかいない。

戦国時代、黒鍬者は土木工作員として架橋などに従事し徳川家康に重宝がられた。また下命があれば、他国へ潜入して諜報活動もしっかりとこなしていた。今は目付系列下の下級幕臣で、石工として江戸城の石垣を補修することが主な任務である。だが、裏では口封じの暗殺にも手を染めるという。黒門前で女を逆さづりにして殺したのもかれらかもしれなかった。

追いつめられた玄庵は、当てずっぽうに大物の名をだした。

「わかってるぜ。暗殺指令を発したのは目付の黒川大膳だろッ」

「われらは神州を守り、士道をつらぬこうとしているだけだ」

「本物の志士ならば、覆面なんかするものか。てめぇらは卑劣な人殺しさ」

「問答無用！」

左側面からズンッと手槍が繰り出された。

玄庵はすばやく抜刀し、からくも槍の穂先を両断した。そして切り返す二の太刀で前面の首領に旋風剣を放った。わずかに見切りが甘く、右肩に軽傷をあたえただけだった。

二の太刀まで使いきれば、もはや玄庵の戦闘力は無に等しい。じわじわと包囲網がせばまり、残された命脈は風前の灯火だった。

刹那《せつな》、夕闇に仄白《ほのじろ》い閃光がきらめいた。

ほぼ同時に、ズガーッンと激しい炸裂音が川辺に響き渡った。耳をつんざく轟音に、凶漢たちがその場に棒立ちになった。南蛮渡りの短筒は、その殺傷能力よりも凄まじい銃声による心理的効果のほうが大きい。

きな臭い火薬の匂いが後方から流れてきた。

思わずふりかえると、きれいに頭を剃り上げた長身の医師が小橋のたもとで銃口をこちらに向けていた。敵か味方か判別しがたい。また誰に向けて発射したのかもわからなかった。

「……芳斉」

ひどい耳鳴りをこらえ、玄庵は忘我のなかで旧友の名を呼んだ。

第二章　大奥の女将軍

一

翌朝、玄庵は黒門前に人待ち顔で立っていた。

刻限を決めていなかったので、平助の到着はいつになるのかわからない。上野山から吹き下ろす冷たい風にあおられ、軽装の玄庵はブルッと身震いした。

咲いたばかりの周辺の桜花も、ハラハラと舞い散っている。

（こんな花曇りの日は……）

あたりが冷えびえとして空気が重く、軽い頭痛にみまわれる。

気圧も乱れがちで人は躁鬱状態に陥りやすい。例年、この時季になると悩乱した者たちが刃物を振りまわして凶悪事件が多発する。玄庵自身が関わった二件の殺しも、そうした気の乱れから発したものかもしれなかった。

最も枝ぶりのよい桜木は、寛永寺の正門内近くにあった。徳川家の菩提寺に立っているので、事件現場に近づくことができない。

薬箱を地べたに置き、玄庵は腕組みをして昨晩の出来事を思い返した。

(それにしても、芳斉は射撃の腕は確かだった)

窮地の玄庵を、たった一発の銃弾で救ってくれたのだ。

轟音が闇を裂き、五人の凶漢たちは腰砕けになった。そしてあれほど剛毅だった刺客団の首領も、弾が頬をかすめただけで放心状態となった。

田宮芳斉が手にしていたのは蓮根型の弾倉の連発銃だった。刀や槍は、飛び道具にはまったく歯が立たない。不利を悟った黒鍬者は川辺の柳通りから無言で走り去った。

修羅場にあって、若い表法印医師は落ち着き払っていた。

やはり立場が人を変えるらしい。

しばらく見ぬ間に、学友の芳斉は中堅幕医としての品格を漂わせていた。銃口から立ちのぼる白い硝煙を見つめながら、講義中の老師のような口調で言った。

「銃の威力は、歩兵百人に匹敵しますね。とかく蘭医は天誅の対象として尊攘志士たちに狙われやすい。なので長崎土産としてイギリスの貿易商から新型の連発銃を仕入れました。護身用の拳銃がこんなところで役立つとは。玄庵どの、とにかくご無事でよかった。このまま夜道を帰るのは危険です。わが拙宅にて一晩過ごし、共に盃をかわして長崎での思い出話にふけろうではありませんか」

妙に丁寧すぎる言葉づかいが気になったが、断る理由などなかった。それに玄庵には、旧友から聞き出したい事柄があった。

なによりも寛永寺の寺領内で殺された女の身元が知りたかった。腕利きの芳斉なら、検死した遺体の特徴をしっかりと把握しているはずだった。

共に酒豪である。田宮邸で明け方まで二人で痛飲した。やがて他人行儀だった芳斉の態度もうちとけ、昔のように『おれ、お前』のくだけた仲にもどった。

そうした会話の中で、玄庵の懸念も氷解した。

殺されて桜の枝に逆さづりにされていた女は、男知らずの処女だったという。解剖学をまなんだ芳斉は、死体の陰部までしっかりと調べあげていた。

玄庵は胸をなでおろし、苦笑するばかりだった。

悪い予感は完全にはずれたのだ。おのれの肉体を切り売りする夜鷹の志乃が無通女《むすめ》であるはずもない。

そして実直な芳斉は、下役の玄庵に頭まで下げた。

「すまぬ。変死体の検死はお前の領分なのに、おれが出張って顔をつぶしちまったな。いずれ義父となる黒川大膳さまに依頼され、心ならずも引き受けた。気を悪くしないでくれ」

すっかり手の内をあかした友を、それ以上責めようもなかった。大膳と芳斉のつながりはどうあれ、志乃の無事が確認できたことで玄庵の気持ちは安らいだ。

酔いがまわるうちに話題はせまい日本を離れた。気が大きくなった玄庵は、夜を徹して学友と西洋談義に没頭した。芳斉は外国の医療だけでなく、伝承や怪奇談などに興味を抱いていた。とくに生き血をすすって数百年も生き長らえるバンパイアの不死伝説について熱く語った。玄庵もそうした貴重な文献を借りて帰った。

「玄庵さーんッ、ご無事でしたか」

甲高い男の声に、玄庵はハッと想念から醒めた。見やると、角顔の定廻り同心が黒門前に走り寄ってきた。

まだ昨夜の酔いが抜けない玄庵は、おぼつかない口調で言った。

「おう、平助か。遅いじゃないか」

「しっかりしてください。そっちこそ酩酊して酒臭いですよ」

「見ての通りだ。旧友の田宮芳斉と明け方まで呑み明かした。ひどい二日酔いで、頭がガンガンしてる」

「まったく太平楽ですね。相当に心配しましたよ。昨晩、堀留町界隈を見廻っていた配下の岡っ引たちが、川辺の柳通りで銃声を聞いたと報告に来たものですから。てっきり玄庵さんが殺《や》られちまったのかと思って」

「まさに間一髪さ。夜道で刺客らに襲われた。よく訓練された連中で、危うく槍で突き殺されそうになったよ。そのとき背後から芳斉があらわれて短筒をぶっぱなした。

おかげで賊たちは逃げ散り、助かったというわけだ。やはり持つべきものは親友だな」

「玄庵さんはいつも安易すぎますよ。すっかり丸めこまれちまって。もしかすると、芳斉さまも黒川大膳の一味かもしれませんしね」

平助の指摘はいつも正しい。

人の上辺の言動に左右されず、物事の本質を見抜く眼力を持っていた。酒や女に溺れやすい玄庵は、年下の同輩に見習うべきことが山ほどあった。

切れ者の平助は、さらに微妙な点を突いてきた。

「襲撃時のこまかい状況は知りませんが、気になることがあります。いいですか、よく思い返してみてください。芳斉さまの銃口は、いったいだれに向けられてたんですか」

「平助、なにが言いたい」

「何年も会わなかった旧友が、突如あらわれて命を助けてくれる。こんな都合のよい偶然がこの世にありますかね」

「大いにあり得るだろう。襲撃されたのは芳斉の自宅付近だし」

「もし必然とするなら、刺客らを雇ったのは芳斉さまご自身だったのかも。背後から標的の玄庵さんを狙い撃ったが命中せず、うまくはぐらかして自宅に招いた。それから逆に命の恩人ぶって酒を酌みかわしたとも考えられます」

「深読みしすぎだぜ。出された酒に毒なんぞ入ってなかったしな」

そう言って、玄庵は笑い流した。

けれども一抹の不安はぬぐいきれない。事の始末を見届けるため、指令者の芳斉が現場へ姿をあらわしたという平助の読み筋は、たしかに臨場感があった。

(弾道があと少し右にずれていたら……)

後頭部を撃ちぬかれて即死していたろう。

だが、今の玄庵は学友の田宮芳斉をどこまでも信じたかった。最新医療で患者を救うべく、共に蘭方医をめざした二人が敵味方に分かれるのは、考えただけでもつらすぎる。

気持ちを察した平助が、花曇りの空を見上げて話を転じた。

「玄庵さん。それで結局のところ、女の変死体を検死した表法印医師から死因などを聞き出せたのですか」

「もちろんだ。芳斉が言うには、死亡推定時刻は真夜中の丑三《うしみ》ツ時。致命傷は頸部の刺し傷による出血死。そのほか首には手で絞められた鬱血の痕があったそうだ」

「手口はこういうことですね。女を襲った犯人はいったん首を絞めて気絶させ、そのあと桜の枝に逆さづりにして首を刺した」

「そんな案配だ。快楽犯としか思えねぇな」

同僚の平助にはそう伝えたが、玄庵の読み筋は別にあった。

黒門前での女殺しは、一見すれば猟奇的に映る。だが、その裏に犯人がわのしたたかな計算が見え隠れしていた。

今回の事件は、不忍池の男殺しをなぞったものなのだ。殺害現場も近く、殺しの手口はほぼ同じだった。玄庵が引き起こした事件を、これみよがしに引き継いだとも思える。

被害者は男と女。

致命傷は共に頸部の刺し傷。

一対となった殺人事件で、一つだけ決定的にちがうのは、殺された女は首以外はまったくの無傷であった。

(男の生き胴を斬り裂くのと、生きたまま女を逆さづりにして刺殺するのと、いったいどちらが残忍なのか)

玄庵の胸奥には、ずっと苦い澱が溜まったままだった。

垂れ目の平助が押しかぶせるように言った。

「で、旧友と明け方まで呑み明かし、被害者の女の身元はわかったのですか」

「幕政にからむ秘事だが、それも芳斉は包み隠さず教えてくれた。なぶり殺しにされた女は、名は田津《たづ》と言って篤姫《あつひめ》さま付の奥女中だとよ。さすがの寺社奉行も手に余り、目付の黒川大膳に泣きついて穏便な処置を願ったとか」

「篤姫さまっていえば大奥を仕切っている実力者で、幕閣ですらひれ伏す存在。畏《おそ》れ多くも前将軍徳川家定《いえさだ》さまの御台所《みだいどころ》にて、今は若将軍の徳川家茂さまを陰で……」

「そう。補佐するというより、操っているとの噂だ。現御台所となられた和宮さまと連携し、若将軍を京の公家風に染め上げている」

並はずれた篤姫の手腕は、幕臣ならだれでも知っていた。

右大臣近衛《このえ》忠煕《ただひろ》の一人娘として徳川宗家に嫁いだ篤姫は、じつは島津家分家の武家娘であった。十三代将軍家定との婚儀にあたり、いったん関白近衛家の養女となり、御台所にふさわしい箔をつけたという。そして家定の没後は落飾して天璋院《てんしょういん》と号し、朝廷から従三位に叙せられ、大奥の取り締まりにあたっていた。

(……人の縁は微妙につながっている)

玄庵は、つくづくそう感じた。

長崎遊学の折、玄庵はオランダ人医師に同行し、南国の薩摩まで地域医療の研修にでかけたことがあった。その折、分家城主の腫瘍を手術して延命をはかった。後でわかったのだが、城主の島津《しまづ》忠剛《ただたけ》こそ篤姫の実父であった。

忠剛からは多額の治療費を頂戴し、長崎の丸山遊廓できれいさっぱり蕩尽した。

《裏幕府》とも言える大奥との縁はそれだけではない。

政略結婚により、現将軍家茂に降嫁した皇女和宮とも浅からぬ因縁があった。研修を終えて長崎から帰東の途中、玄庵は公武合体を画策する岩倉具視卿《いわくらともみきょう》に見込まれてしまった。医療と抜刀術をかわれ、皇女の付き添い医師として中山道六十七宿を共に踏破した。

それは空前絶後の嫁入りだった。

花嫁の衣装代だけで一万両をつぎこんだ。つき従う朝臣三千人。幕府側が用意した供揃えは総計二万人にも達した。きらびやかな花嫁行列は、まるで一つの町が動いているかのようだった。そして大行列はさまざまな危難をのりこえ、将軍家茂の待つ江戸へたどり着いた。ねぎらいの場が設けられ、皇女のご尊顔を拝して親しく言葉をかわしたこともあった。それは、まさに至福の一時であった。

惜春の情にひたってばかりもいられない。

そばの平助が前方を指さし、声高に言った。

「ほら、噂をすれば影ですぜ」

「あの派手な行列は」

「篤姫さまですよ。三ツ葉葵の御紋が赤駕籠に刻まれ、伊賀者の広敷番が駕籠脇を警護しているからまちがいありません。玄庵さんの言うとおり、この世に偶然はいくらでもあるんですね」

「嫌味にしか聞こえねぇな。たぶん歴代将軍さまの月命日の墓参だろう」

「どうかな、それは。篤姫さまは薩摩が徳川家へ潜入させた凄腕の女密偵だと、わたしはにらんでいます。歴代将軍の菩提を弔うほど心やさしい女人とは思えませんが」

「口がすぎるぜ、平助。とにかく相手は従三位のご身分だ。下級御家人の俺たちは土下座するしかねぇだろ」

火除《よ》け地の上野広小路は道幅が大きくとられている。その中央を五十人ほどの供連れの赤駕籠が進んできた。

玄庵たちは両膝をそろえてかしこまった。

黒門前には幅六間ほどの忍川が流れ、三つの橋が架かっている。真ん中の大橋を渡れるのは武士階級の者だけで、江戸庶民は左右の小橋を使い、広小路の商家で買い物をすませていた。

上野山入口の表門は黒塗りの冠木門で、その色合いから黒門と呼ばれている。この地は江戸城から見て地獄の鬼が娑婆《しゃば》に出入りする鬼門にあたる。徳川世襲政権を堅持するには、なんとしても避けねばならない凶方位だった。

（そのため三代将軍家光さまは……）

天海僧正の創案をうけいれ、江戸の鬼門たる上野に壮麗な菩提寺を築きあげたのだ。

それでも足りず、山裾の池まで大金を投じて整備した。風水に通じた天海の構想によれば、上野寛永寺は京都御所の鬼門を護る比叡山延暦寺であり、土盛りで護岸された不忍池は琵琶湖を模したものだった。

たしかに寛永寺建立は霊験があった。すっかり戦乱の世は遠ざかり、十四代に渡って徳川政権はつづいている。寛永寺の寺領も上野山一帯に広がるばかりだ。

総坪数三十六万坪。寺領一万一千石にして三十六の支院を有している。しかも日光東照宮よりも上位を保ち、日本各地の諸宗まで束ねていた。そして寛永寺に通じる参道は江戸庶民の花見の名所であり、黒門前の上野広小路は大道芸人たちにとって格好の稼ぎ場でもあった。

門前には十日ごとに市が立ち、物売りたちが生活の糧を得ている。江戸の鬼門の山裾こそ、日銭暮らしの多い江戸者にとってはありがたい聖地である。

その神聖な寺領を生娘の血で汚した卑劣漢がいる。

おかげで、今年の上野の花見は中止とされてしまった。

天災人災のたびに、いつもお上は庶民のささやかな楽しみを奪って贅沢禁止令を発布するのだ。そのくせ、自分たちは豪奢な大邸宅に住み、多額の俸禄を得ていた。

（もし篤姫さまが法令を無視し、粋な江戸っ子にさきがけて花見にくりだしたとなれば……）

胸のすく痛快事であった。

家定公の御台所となった彼女は、島津家の思惑をよそに病弱な夫を支えて尽くしぬいた。まれにみる賢夫人だった。《安政の大獄》を引き起こした井伊大老との政争にも勝ち残り、今は京の都から降嫁してこられた皇女和宮さまの身をしっかりと守っていた。

世の評判はさまざまだが、軟弱な男たちを凌ぐ女傑であることは確かだった。

玄庵は、正座したまま上野山の上空に目をやった。春の曇り空に大きく羽を広げた鳥が旋回していた。

「……あれは」

五尺をこえる大鷹であった。

凶事の予感がする。高空から獲物を狙う猛禽類は、人にとっても危険な存在である。婦女子たちが揚げ物などを手にしていると、するどい鈎爪《かぎづめ》で襲いかかってくる。

とくに遊山客が多い黒門前は、大鷹にとっては絶好の餌場であった。江戸っ子たちが買い食いする厚揚げや天ぷらなどを狙って急降下をくりかえす。

隣を見ると、道ばたに平伏している男児の右手には、なんと食いかけの串焼き団子が後生大事に握られていた。

腕白坊主でも、ご定法は心得ている。大名や高官の行列をみだりに横切れば、お手討ちになっても文句はいえないのだ。

篤姫の行列が橋を渡って黒門前へと進んでくる。かたわらの男児は道脇にひれふし、額を地面にこすりつけていた。高みから大鷹がねらっていることなど知るわけもなかった。

玄庵は小声でそっとささやいた。

「坊や、そのまま動くなよ」

注意は男児の耳に届いた。

土下座の姿勢で返事がもどってきた。

「わかったよ、おじちゃん。おいらはじっとしてる」

「よし。良い子だ」

地上でむやみに動けば、逆に目の良い猛禽の捕獲本能を刺激してしまう。玄庵は、貴人の行列が何事もなく通り過ぎるのを祈るばかりだった。

折悪しく、広敷番の護る赤駕籠が近づいてきた。緊張しすぎた男児の右手から、ぽろりと串焼き団子がこぼれ落ちた。

低空を旋回していた大鷹がこれを見逃すわけがない。羽をすぼめて一気に降下してきた。

「南無三《なむさん》ッ」

サッと仕込み杖をたぐり寄せた玄庵は、片膝立ちで二尺三寸の刀身を抜き放った。それは身についた防御の抜き打ちであった。危難が迫ると本能的に鞘走ってしまう。猛禽の鉤爪が串焼き団子にのびた瞬間、赤駕籠のそばでビュンッと剣風が巻き起こった。だが、俊敏な大鷹はすばやく反転して刃をかわし、上空へ飛び上がっていった。

その時になって、玄庵は自分の大失態に気づいた。

一瞬の凶夢だった。

前将軍の御台所の身近で抜刀すれば切腹は免れない。護衛の伊賀者らにその場で斬り伏せられてしまう。

案の定、屈強な広敷番たちが血相を変えて迫ってきた。

「乱心者め！　貴い天璋院さまの御前で刀を振りまわすとはッ。手向かえば、この場で成敗いたすぞ」

抗弁のしようもなかった。

すでに猛禽は彼方へ飛び去り、そばの男児は身をちぢめて震えている。訳を言って申しひらきをすれば、罪のない子までが側杖を食って処刑されてしまう。

（江戸っ子は潔さが身上だ）

すっかり観念した玄庵は仕込み杖を差しだし、無言のまま地べたに端座した。黒川宗二郎を殺めた現場近くで落命するのも、避けがたい宿怨だとも思われる。

すると、機転のきく平助が割って入った。

「お待ち下され。この者は南町奉行所につとめる医師でございます。つまりは幕府検死官。けっして乱心したわけではありません。見てのとおり凶暴な大鷹めが、天璋院さまの赤駕籠をねらって急降下いたしましたので、忠義のために抜刀して猛禽を斬りさばこうと……」

「聞く耳などもたぬ。小役人の分際で、われらに意見するのか。理由はどうあれ、貴人の前で抜刀した罪科は万死に値する。両人とも、そこへなおれ！」

平助の慇懃な言葉が、かえって広敷番の怒りに油をそそいだらしい。無数の白刃が二人へと向けられた。

伊賀者らも必死だった。徳川家の菩提寺へ向かう途中、狼藉者に襲われたとなれば警護不十分で全員が重罪に問われるだろう。

同じ下級幕吏なので、玄庵にも伊賀者らのあせりが手に取るようにわかった。

(しかし、同輩の平助まで道連れとなった今は……)

このまま黙って斬られるわけにはいかない。最後まであがき、わずかな縁にすがって平助の命だけでも救わねばならない。

玄庵は思い切って駕籠内の篤姫に声をかけた。

「恐れながら天璋院さまに申し上げます。わが名は逆井玄庵。蘭方医を志し、かつて薩摩まで地域医療に出向いた折、島津忠剛さまを診たことがございます。玄庵の名に聞き覚えはございませんか」

当然のごとく返事はない。

数瞬の間があった。伊賀者がせせら笑い、大刀を振りかぶった。

「見苦しいやつめ。天璋院さまのお情けにすがろうとは、武士の風上にもおけぬ臆病者だ。刃にて思い知らせてくれる」

まさに刀身が振り下ろされようとした瞬間、赤駕籠の内から典雅な声がもれてきた。

「皆の者、控えなされ。そこなる蘭医玄庵は、わたくしにとって大恩人。これ以後は、みだりに手出ししてはなりませぬぞ。さて玄庵、墓参途中の出逢いは亡き家定さまのお導きと存ずる。あらわれたる鷹も吉瑞の証しであろう。しばし桜の樹下で茶など喫したいゆえ、寛永寺へ同行いたせ」

「はい、仰せのとおりに」

命びろいした玄庵は、黒門前で大仰に平伏した。

二

桜の古木の下には高価な緋毛氈《ひもうせん》が敷かれ、螺鈿細工《らでんざいく》の漆器が置かれていた。花見用の箱膳も用意され、さらに美麗な二人の女小姓までが玄庵のそばにかしづいている。

お手討ちから一転して、目もくらむような好待遇だった。

赤漆塗りの酒盃を心地好くかたむけながら、勝手気ままな玄庵は黒門前で別れた同輩に思いを馳せた。

（こんな趣向なら、無理にでも一緒に黒門をくぐればよかった）

だが慎重な平助は、きっと断ったにちがいない。

破天荒な蘭医と行動を共にすれば、かならず事件に巻きこまれてしまう。なぜか周辺に暗雲がたちこめ、命の瀬戸際にまで追いつめられるのだ。

思いがけぬ貴人の招待も、この先なにが待ちかまえているのかわからなかった。

わかっていることは、箱膳にならべられた肴は山海の珍味ばかりで、ふるまわれた酒も特等ということだけだ。きつい二日酔いも、美女を両脇にはべらせて良酒で迎え酒をすれば治るものらしい。

幸い高貴な天璋院は一行を引き連れ、徳川家の陵墓で法要を行っている。おかげで桜の樹下で気楽に酒が呑めた。

（……遠く島津家から嫁いだ篤姫さまは、どんな気持ちで歴代将軍の霊を慰めておられるのだろうか）

玄庵には、彼女の心根が計り知れなかった。ただ島津家の置かれた微妙な立場だけは、耳学問で頭に入っている。

七十七万石を誇る薩摩の島津家は外様大名である。かつて天下分け目の関ヶ原合戦の際、島津一門は西軍の豊臣がたに味方して徳川家に弓を引いた。だが、東軍総帥の徳川家康は老獪《ろうかい》だった。《領国安堵》の空手形を諸大名らに送りつけて謀叛を誘発させた。巧みな心理戦をしかけ、西軍司令官の石田三成を揺さぶった。合戦当日には裏切り者が続出し、西軍はあえなく敗れた。

従軍した薩摩兵は千二百余名。その大半が総大将の島津義弘を守って壮烈な討ち死にをとげた。主君と共に関ヶ原を脱出し、自領の鹿児島へと帰還した将兵の数は、わずかに十七名にすぎなかったという。

すぐさま島津は国境線をかため、地元民たちも竹槍で武装して東軍襲来にそなえた。武士も領民も決死の覚悟を示した。

『島津恐るべし!』

天下人となった家康は、島津家の武勇を賞賛した。厳罰に処すこともなく、領国を大きく削り取ることもしなかった。

ある意味、それは苦渋の決断だったにちがいない。九州の果てまで大軍を従えて遠征すれば戦費がかさみ、多くの死傷者が出てしまう。それよりも勇猛な薩摩隼人らを手元に抱えこんだほうが得策だったのだ。

島津もまた、徳川家に臣従しきったわけではない。敗戦の怨念を秘め、二百六十年経った今も、尊皇攘夷を旗印にして武力倒幕の機会をねらっていた。『篤姫さまは島津が放った凄腕の女密偵』という平助の言葉も、あながち的外れではなかった。

すっかり酔い痴れた玄庵は妙に疑い深くなっていた。

（上野寛永寺への墓参もなにやら胡散臭《うさんくさ》い。お付きの奥女中が斬殺された桜の木の下で酒宴を催すとは）

菩提寺は天台宗の寛永寺だけではない。浄土宗の芝増上寺も菩提寺として栄えている。しかも、歴代将軍の埋葬地として両寺は将軍の遺骸をきっちりと分け合っていた。

鬼門にあたる上野寛永寺には四代将軍家綱、五代綱吉、八代吉宗たちのほか、篤姫が偲ぶ十三代将軍家定が霊廟の銅棺に安置されている。一方の逆鬼門にある芝増上寺には、二代将軍秀忠を筆頭に、同数の屍体が埋葬されていた。

尊い屍体群は呪術的防御壁であった。江戸の凶方位をすべて将軍たちの木乃伊《ミイラ》でかため、徳川世襲政権は三百年近くも難攻不落の土台を築いてきたのだ。

（だが、どんな堅牢なものにも寿命がある）

薩摩や長州などの西国大名が力をたくわえ、志士と称する諸藩の若輩たちが平然と『武力倒幕』を広言するようになっていた。そしてすでに、裏幕府の大奥は島津家から送りこまれた篤姫が実権を握っていた。

その強大な権力は、時の老中にも匹敵する。

また最上の内親王の位を有する皇女和宮までが朝廷から輿入《こしい》れしたので、佐幕派の幕閣や譜代大名らも恐懼しきっていた。将軍家茂を擁する賢夫人たちの機嫌をそこねれば、たちまち不忠者として断罪されてしまうだろう。

すっかり深酔いした玄庵は、盃を片手に緋毛氈に寝ころんだ。こうして春風に頬をなぶられ、仰向けになって小鳥のさえずりに耳をかたむけていればたまらなく心地好い。浮き世の出来事など、どうでもよくなってくる。

しばらく惰眠をむさぼっていると、女小姓に揺り起こされた。

「玄庵どの、ぶしつけでありましょう。天璋院さまが墓参をすませ、こちらに向かっておられます。早く目をさましてきっちりとお座りなされませ」

見ると、落飾した天璋院が簡易な尼僧姿で近づいてきている。

二度も大失態は犯せない。

酔眼の玄庵はあわてて半身を起こした。そして緋毛氈の上に正座し、霊廟からもどった貴婦人に深ぶかと頭を下げて、ぐだぐだと定番の謝辞をのべた。

「このたびは菩提寺にて美酒を頂戴《ちょうだい》いたし、まことに恐悦至極《きょうえつしごく》でございます」

供も連れず一人でやって来た天璋院が、かぼそい左手を口にあてて笑声をもらした。

「こほほ、らしくもないことを。落花の褥《しとね》で酒盃をしっかり握りしめ、居眠りをしておられたのはどこのどなた様でしょう」

「面目ありません。天璋院さまのご厚情に甘え、ぶざまに酔い痴れておりました」

「春風駘蕩、噂どおりの快男児ですね。遠目ながらも好ましい寝顔でありました。さて、玄庵。本題に入りましょうか。聞いておきたい事がございます。そなたらは、しばらく座をはずして境内の桜並木を見物しておいで」

落ち着き払った声音で言って、女小姓たちを遠ざけた。

大奥の最高実力者が、人払いをしてまで聞き取りたい用件は一つしかない。玄庵は気を張って居住まいを正した。

「何なりとお聞きくださいませ」

たとえ自分の不利益になることでも、すべて正直に話すつもりだった。桜木を愛おしげに撫でながら、天璋院がきっぱりと言った。

「殺された田津の仇を討ちたいと思う。玄庵、力を貸してくだされ」

「はい。死力を尽くします」

「私利私欲のため、婦女子を害する輩を見逃すわけにはいきませぬ。生娘を逆さづりにして殺めるとは鬼畜の所業。その者らにきっちりと償いをさせねば」

玄庵の全身にサッと鳥肌が立った。

逆井家に一生奉公している加代婆の信念も貴婦人と同じだった。まさか身分ちがいの天璋院が、下総《しもうさ》の百姓女と同等の考えを持っていたとは知らなかった。

　無学な飯炊き女の口癖は、やはり『げぇもねぇ話だども聞きなっせ。女子供を手にかける悪たれどもを、ぜったいにゆるしてはなんねぇど』であった。老婆の言葉をしっかりと守り、玄庵はこれまで剣死帖に悪党どもの戒名を次々と記してきたのだ。

「では、下手人を見つけしだい斬って捨てろと」

「好きにいたすがよい。このわたくしが後ろ盾となります。徳川家の菩提寺内で犯行が行える人物は、身分のある幕臣のみ。町奉行所では手が出せまい。哀れな田津の無念を晴らすためなら、ご定法を破ってもかまわぬ。そのほうの蘭方医としての技倆は、父の忠剛から聞いております。また抜刀術の腕前も和宮さまから」

「もったいないお言葉にて」

「広敷番組頭から今回の事件のあらましは報告をうけました。殺された田津の遺体は、目付黒川大膳の指図により表法印医師が調べたとか。されど不審な点が見うけられる。大奥勤めの田津がなにゆえ寛永寺へ出向き、だれと出遭ったのか。そして黒門近くの桜の枝に逆さづりにされて惨殺されたのか。ぜひとも検死官であるそなたの意見が聞きたい」

「されば申し上げます。下手人が黒門近辺をえらんだのは、そこが尊い徳川家の菩提寺であり、ちょうど町奉行所と寺社奉行所の境界線だったからだと察せられます。管轄が交差しておりますので、捜査も混乱してないがしろになりがちですし」

「して、むごたらしい殺害方法は」

天璋院の問いかけには、激しい憤りがこもっていた。

薩摩生まれの烈女は、志士たちから《井伊の赤鬼》と恐れられた井伊大老と暗闘をくりかえしてきた。安政の大獄で多くの俊才らが刑死したが、井伊直弼も彼女にだけは手がだせなかった。その赤鬼も勤王派の水戸浪士たちに桜田門外で討ちとられてしまった。

思想信条の区別なく、無数の男たちが激情にかられて路傍に倒れ伏した。結局、政争に勝ち残ったのは女の天璋院ひとりだった。

(敵にまわせば最も危険だが……)

味方につければ、これほど頼りになる存在もいまい。

玄庵は頭をふりしぼって推論をのべた。

「満開の桜の下には死体が埋まっているとか。こうして美しい薄紅色の落花をながめていると、そんな誰かの言葉さえ思い出されます。しかし、現実の殺しはそれほど風流ではありません。まず気になるのは、殺害現場の樹下にほとんど血痕が残っていないことです。枝に逆さづりにされたのなら、その下の地べたは血溜まりとなってしまうはず。見まわしたところ、血痕を洗い流した形跡もない。つまり田津どのはここで殺されたのではなく、失神状態で運ばれたのかもしれません。もしくは、逆さづりには何か別の深い因習がひそんでいるのかとも思われます」

「よくぞ申した。おかげで疑念も少しは晴れました。もし、卑劣な下手人がわかった場合には迷うことなく断罪してくだされ」

　三千人の奥女中たちを束ねる天璋院が力強い声調で言った。そして、手ずから懐剣を玄庵に下げ渡した。柄にはくっきりと金箔の三ツ葉葵の御紋が入っていた。

「……これは」

「亡き家定公愛用の脇差です。それを懐剣の寸法に直し、わたくしが所持してきました。緊急時にはこれをかざし、どの場所へでも入りこみ、またたれを成敗してもいっさい罪には問われませぬ」

「なるほど、天下御免の通行札というわけですね」

「われら二人は神仏に導かれし宿縁の仲。あなたに賭けます」

　玄庵は、ありがたく懐剣を頂戴した。

　腰帯に差すと、なにやら霊験にひたされて全身に力がみなぎってきた。天璋院から直に下げ渡された宝刀は、まぎれもなく裏幕府が保証した《殺しの許可証》であった。

三

春の西日を背にうけ、玄庵は寛永寺の黒門を千鳥足で抜け出た。臓腑に酒が残っていて足どりもおぼつかない。それでも、気力だけは旺盛だった。

天璋院という大きな後ろ盾を得たことが、たまらなく嬉しかった。

(頼りになるのは、いつだって女だ)

それは若い玄庵の実感だった。

これまで男に裏切られたことは何度もあるが、なぜか女にだまされた経験がない。あるいは、だまされたことに気づいていないだけなのかもしれなかった。

「玄庵さん、こっちですよ」

黒門前にある団子屋の縁台から、垂れ目の同心が手招きをしている。玄庵も縁台の端に腰かけ、おぼつかない口調で言った。

「律義だな、平助。半日もここで待っていたとは」

「そしてあなたは、とびっきりお気軽だ。きっとお手討ちになり、首と胴が離れた姿になって黒門から出てくると思ってました」

「それどころか、大歓待さ。年上の貴婦人と酒盃をかさねて親しく語らった」

「すっかりごきげんですね。またふるまい酒ですか」

「ただ酒ほどうまいものはない。だろ、垂れ目の旦那」

「こんどはからみ酒ですか。まったく、あなたって人は無鉄砲ですね。そばで見ていて気の安まるときがない。いったい徳川家の菩提寺で今度は何をやらかしたのやら」

「案ずるな。ちゃんと天璋院さまから事情聴取をした」

「そんな無茶な！」

　平助が目を丸くした。

　赤駕籠のそばで抜刀し、その上、大奥筆頭の女傑から聞き取り調査まで行ったのだ。だれが考えても血迷った狼藉者であろう。

　だが玄庵は、のんしゃらんとした顔つきで調査結果をのべた。

「殺された奥女中の田津は気だてが良くて、天璋院さまのお気に入りだったらしい。ただ近ごろ妙に化粧が濃くなって、手鏡ばかり見ていたそうだ。事件のあった日は、父親の病気見舞いと称して四谷の実家へともどった。しかし、江戸城の清水御門を出たあと、田津の足どりはぷっつりと消えちまった。次に発見されたときにゃ無惨な死体だったとよ。天璋院さまと差しで話を聞いたのだからまちがいない」

「お言葉を返して恐縮ですが、聞き取り調査は矛盾だらけですね。まず実家の四谷へ向かうなら、田安御門か半蔵門から出たほうがずっと近い。それに一生奉公の奥女中はめったに城外へ出ることは許されていません。われらの何倍も給金をもらうかわり、親の死に目にさえ会えないのが通例です。田津が外出したのは自分の用件ではなく、きっと天璋院さまがらみだと思います」

「まさか、お前。天璋院さまを疑ってるのか」

酔眼の玄庵は、きつい声調になった。

しかし、依怙《いこ》地《じ》な貧乏同心は一歩も引かなかった。

「もちろんです。事件が起こった場合、しっかりと周囲に目を配り、肉親、知人、友人、すべての関係者を疑ってかかるのが捜査の鉄則でしょう。玄庵さんは甘すぎます」

返す言葉もない。とぼけた垂れ目の外見とは裏腹に、定廻り同心の意見はいつも根幹に迫っている。

それにひきかえ、検死官の玄庵は情に流されやすい。旧友の田宮芳斉と再会して痛飲すれば、すぐに相手の言葉を信じて容疑者から外してしまう。また天璋院に声をかけられたら、子犬のように甘えた態度ですり寄る。二十歳半ばだというのに、心は未成熟なままだった。

母亡しっ子のせいか、年上の女と接すると依存心がわいて寄りかかりたくなる。そうした幼児性が逆に功を奏する場合もある。現に天璋院はしっかりと受けとめてくれた。

（……男は愛嬌、女は度胸）

それが玄庵の信条だが、すっかり天璋院に心酔した蘭医を平助は苦々しげに見つめていた。

そして、その視線が腰帯の差し料にむけられた。

「その立派な脇差は……」

「どうってこたァない。天璋院さまから下げ渡された」

「なんてこった！　柄に葵の御紋まで入ってる」

「しっ、声が高い。落ち着け、平助」

「これが落ち着いていられますか。諸大名だって朝廷からもらう位は、せいぜい従五位です。従三位の天璋院さまといえば、無位無官のわれらからすれば雲上人。それなのに、黒門前の行列で乱暴狼藉を働いた不埒者が、親しく酒宴に招かれたばかりか、徳川家の宝刀まで頂戴するなんて」

「俺は出世にゃ縁遠いが、女運だけはとびっきり上等なんだ」

「ちくしょうめ、男ぶりの良いやつだけが日の目を見やがって」

垂れ目の平助が本気で口惜しがった。

共に独身だった。しかし女出入りの絶えない玄庵とちがって、職務に没頭する定廻り同心には浮いた噂の一つもない。容姿が滑稽で理屈っぽい堅物は、どんな女にも敬遠されてしまう。

その堅物が、また小理屈をこねはじめた。

「それって大奥がわの買収じゃないですかね。とかく女に弱い奉行所付の検死官を抱きこんで、奥女中殺しの事件から手を引かせようと」

「外れ。まったく逆なのさ。気丈な天璋院さまは、何としても非道な下手人に鉄槌を下そうとなさってる。それなりに目星もついていなさるようだ。なにせ大奥警護の広敷番は、情報収集に長《た》けた伊賀者だからな。その日のうちに幕閣らの不正から町奉行所の仕事ぶりまで耳に入る。そこで俺に目を付け、犯人逮捕の際には何をやらかしてもかまわぬというお許しをいただいた」

「では、この懐剣さえ所持していれば」

「管轄を超えて、どこへでも堂々と押し入れる。またどんな高官であれ捕縛できる」

「もし、相手が手向かえば」

「ばっさり斬り捨てるまでだ」

下級幕臣の玄庵は、ずばりと言い切った。

懐剣の刀身には尊い家定公の御名まで刻まれていた。たとえ大名や幕閣であっても、それに刃向かうことはできない。

平助が大きく吐息をついた。

「猫に小判。いや、狂人に刃物ですね。先が思いやられます」

「ご同輩、よろしくな」

「まったく面倒みきれませんよ。でも、宝刀は見せびらかすものじゃない。薬箱に入れておき、いざというときに使うべきです」

「すまん、そのとおりだ。少しはしゃぎすぎた。恋も剣も秘してこそ花。伝家の宝刀はめったに抜いちゃならねぇ」

「変に上機嫌だ。玄庵さん、酔いがさめないようですね」

「でも、さすがに飲み疲れた。これから自宅へ帰って早寝するぜ」

縁台から立ち上がった玄庵は、言われるままに懐剣を薬箱に仕舞いこんだ。それから「あばよ」と手をふり、ゆっくりと仲町方面へと向かった。

後方から、平助の声が凪《な》がれてきた。

「玄庵さーんッ、帰り道をまちがってます。そっちは自宅とは逆方向ですぜ」

聞こえぬふりをして仲町を通り抜けた。そのまま上野山ぞいに東へと迂回し、間道を抜けて根岸から三ノ輪へと急いだ。用心してかならず四つ辻でふりかえり、しぶとい平助が後を尾けていないことを確かめた。

どうしても、今日中に逢っておきたい女がいる。

三ノ輪に住み処を用意し、当座の生活費として二両ほど渡してあるが、じっさいに志乃の顔を見るまでは安心できない。

江戸の町割りは、京都のように整然としてはいない。九割が武家地で平坦な場所が少なかった。各宗派の寺社地も広大なので、他国から流入した者たちはせまい町屋にひしめきあって暮らしている。

日銭稼ぎの物売りたちは、家族と共に家賃の安い裏長屋で寝起きし、最低限の生活に甘んじていた。貧窮者は日本橋などの盛り場から遠ざかり、千住大橋ぞいの湿地帯を住居としている。じめついた敷地の奥行きは十間、一所帯分の間口は九尺足らずだった。

しかし、場末の三ノ輪ならお上の目も充分に届かない。江戸住まいの者が幕府に納める公役銀を負担しなくてすむ。多くの貧者たちは祭礼や公共土木などにかかる経費を払わなかった。

幕府もまた租税から逃れた連中を正式な町人とは認めず、三ノ輪界隈の治安は悪くなる一方だった。町奉行所の役人たちもめったに見廻りに来ないので、犯罪者の溜まり場となっていた。

（ここなら誰の目にもふれず、夜鷹のしのも身をかくせる）

玄庵にとっては、すべてが好都合だった。

裏長屋の者たちにしてみても、医師の存在はありがたい。井戸水も濁る不衛生な湿地帯なので病人が多かった。以前から、父泰順に同行して貧民街に往診に来ているので、住人から若先生として信頼されていた。

今回も顔見知りの大家に話を通し、裏長屋の空き家を紹介してもらった。もちろん志乃の本業は伏せ、病気療養中の姪っ子ということにしておいた。

善くも悪しくも女は劇的に変身する。厚化粧を落とした志乃は、かたぎの町娘に見えなくもなかった。

玄庵は大川沿いに進み、脇道から薄暗い路地に入った。その奥に志乃が暮らす棟割り長屋があった。屋根は薄っぺらな板葺きで、仕切りの板壁も薄かった。

(火事と喧嘩は江戸の華と言われているが……)

喧嘩っぱやい町火消したちも、公役銀を支払わぬこの地域を無視していた。広い火除け地もないので、密集した裏長屋は火災になれば見事に燃え尽きるだろう。

無人の木戸を抜けて井戸端まで来ると、紙くず買いの小男に声をかけられた。

「若先生、どうされました。姪御さんなら、先ほど出かけられましたよ」

「いったい、どこへ」

「おかしいですね。呼びだしたのは若先生のはずですが。きざな身なりの町人が迎えに来て、ご一緒されました」

「どんなやつだ。顔をおぼえてるか」

「この近くでよく見かけますよ。小塚原の刑場前で薬屋を営んでいる《三ノ輪の千吉》です。労咳《ろうがい》の特効薬として知られる人胆丸《じんたんがん》を売って大儲けしてます。首斬り役を家業とする山田家と縁戚なので、妙薬が手に入るとか」

「ちっ、ろくでもねぇや」

玄庵は舌打ちした。

人胆丸と聞いては落ち着いていられない。酔いも一気にさめた。胸の病を治すという人胆丸は、刑場で首を刎《は》ねられた死者の生胆《いきぎも》から作られているという。

効き目はあるらしいが、目の玉がとびでるほど高価だった。それでも肺病患者にとっては命の綱。財産をはたいて言い値で買い求める者が多かった。

刑場に重罪人を引き出し、手練の技で首を斬り落とすのは悪名高い山田浅右衛門《やまだあさえもん》だった。彼が斬首したのは放火犯や殺人犯だけではない。安政の大獄で罪に落とされた吉田松陰や橋本左内など、すぐれた国学者たちの首も小塚原の刑場で容赦なく刎ねとばした。

（山田家の連中が、なぜおしのを連れ出したのか）

まったく解せない。

玄庵は、深い泥地に片足を突っこんだような気分だった。何が起ころうとしているのか予測がつかない。しかし、ここで立ち止まっていては志乃の身が危うくなるばかりだ。とにかく走り出すしかなかった。

「よくおしえてくれたな。これを取っておきな」

紙くず買いの懐へ小銭をねじこみ、玄庵は三ノ輪の路地から南千住へと急いだ。

さすがに息が切れる。

昨日から一睡もせず、何かにとり憑かれたように江戸市中を走り回っていた。しかも、どこにも出口が見えなかった。

(なぜ俺はいつもこうなんだ)

自嘲しても、生来の逆らい癖は直しようもない。今また首斬り稼業の難敵に挑まれ、さらに反逆精神は高まるばかりだった。

いつしか夕闇が迫り、葦原の向こうにうら寂しい処刑場が見えた。その前にぽつんと瓦屋根の一軒家が建っている。怪しげな薬屋は日暮れどきになっても店をひらいていた。

荒っぽく表戸をこじあけた玄庵は、店内にいた優男の胸ぐらをつかんだ。じっくり問いつめるつもりだったが、やはり怒りが抑えきれなかった。

「てめぇが三ノ輪の千吉かッ」

「さようでございます。あなたさまは……」

「浅右衛門が首斬りというなら、俺は人斬り玄庵だ。おしのをどこへやった。隠し立てをしやがると、胴体を斬りさばいて生胆を引きずりだすぜ」

「無体なことを。わたくしめは、その山田さまに頼まれて裏長屋へ女を迎えに行き、身柄を渡しただけです」

「ならば、おしのは山田邸に」

「だと思います。きっちり女と話をつけたら、一両日のうちに帰すからとおっしゃっていました」

「そう。首無し遺体でな」

玄庵の目元に黒い隈がふちどられ、殺気が充満した。

いったんつかまえた獲物を、首斬り浅右衛門が生かしておくわけがない。それほどに女の死体は貴重だった。もしかすれば、誘拐の理由はそこにあったとも考えられる。

生胆を陰干しにして細切れにすれば人胆丸ができあがる。また両の小指も廓で高値で売れる。したたかな遊女たちは、恋のあかしに自分の小指を切りとって客に渡す慣習がある。金払いのよい上客には買いこんだ偽の小指を贈り、本物の小指は惚れた情夫に捧げるらしい。

（金の亡者に堕ちた浅右衛門は……）

女死刑囚の遺体まで金に換えているという噂だった。連れ去られた志乃が同じ目に遭わない保証はどこにもない。

悪党の一味が、ふてぶてしい顔つきで目の前にいた。

解剖医だからこそ、臓器売買に手を貸す連中がどうしてもゆるせなかった。死者を冒涜する者は、いずれ地獄に落ちる。

頂戴した《殺しの許可証》を使う場面が早くもやってきた。

臓器を売りさばく下郎に、天下の宝刀をふりかざす必要はない。天璋院さまも、女子供を害する悪党に憐憫の情などひとかけらも抱かないはずだ。

玄庵の右手が仕込み杖にふれた。

「この世はどこも刑場だ。覚悟せよ」

「あううッ」

身の危険を感じとった千吉がくぐもった声をもらし、背を向けて店奥へ逃げこもうとした。玄庵はすばやく抜刀し、片手斬りで優男の後頭部を断ち割った。

「下郎、死ぬべし！」

会心の一打だった。

カンッと木桶が割れるような乾いた音がして、白い脳漿があたり一面に飛び散った。

玄庵は血刀を鞘に納めもせず、店外へ出て茫漠とした小塚原の刑場を眺めやった。

（……人はみな罪人なのだ）

そして誰もが罪を問われ、醜く年老いて死を迎える。

けれども、男女の情だけはいつも激しく美しい。相手は夜の巷をさまよう娼婦とはいえ、いったん枕を交わせば至上の存在となる。それを見捨てるわけにはいかない。

首斬り浅右衛門の総収入は、優に三万石の大名を凌ぐとも言われている。麹町平河町に壮大な屋敷を構え、数十人の住みこみ弟子たちに山田流居合い術を教えていた。

志乃を救うため、単身で山田邸へ斬りこめば犬死にするだけだ。しかし、同輩の平助に助力を求めるわけにもいかない。志乃との仲が露見すれば、いっそう事が面倒になる。

（一人、たのもしい剣友がいた！）

流れ者の顔が、さっと脳裏に浮かんだ。

四尺二寸の長剣を自在に操れる斎藤一に加勢を頼めば、多数が相手でも勝ちきれるかもしれない。

愁眉をひらいた思いだった。

無外流抜刀術対山田流居合い術の闘い。霊験に満ちた宝刀を腰帯に差し、正面から首斬り浅右衛門と渡り合って決着をつける。玄庵に残された道はそれしかなかった。

第三章　首斬りの掟

一

浅草寺から暮れ六ツの鐘が聞こえてくる。

夜の帳《とばり》が降りて、芸人横町の安宿には看板がわりの箱提灯《はこちょうちん》が点《とも》された。小塚原の刑場から走りづめなので、健脚の玄庵もさすがに足がにぶってきた。

昨晩は同じ時刻に凶漢たちに襲われた。かれらは町の荒くれ者ではなかった。れっきとした幕臣で、腕達者な黒鍬者に命を狙われたのだ。現場に駆けつけた芳斉が銃撃しなければ、討ち取られていたろう。

(あの時はなんとか切り抜けたが……)

危険が去ったわけではない。

蘭医玄庵を標的とする上司の暗殺指令はまだ生きているのだ。それを果たさなければ、逆に黒鍬者たちは死をもって償わねばならない。どんな卑劣な手段を用いても、暗殺集団はかならずや任務を遂行するだろう。

背後からいつ斬りつけられてもおかしくはない。しかし、まさか夜鷹の志乃にまで危難が及ぶとは夢想だにしていなかった。

（……おしのをかどわかした首斬り浅右衛門の真の目的は何なのか）

いまの時点では、まったく見極めきれていない。

敵の思惑はどうあれ、愛しい女を見殺しにはできない。だが適切な救出策が思い浮かばず、無鉄砲な玄庵は山田邸への斬り込みを決意した。

山田浅右衛門は首斬り役人ではない。その身分は浪人で、世襲の民間試刀家にすぎなかった。《御試御用《おためしごよう》》を一手に引き受け、死刑囚の首だけでなく胴体までくりかえし切断し、重要刀剣の切れ味や利鈍を確かめるのが家業だった。

元来、刑場で重罪人の首を刎ねるのは若い同心らの役目とされている。当初は平助や玄庵らの下級御家人が、順次に首斬り役を受け持っていた。それを思えば、わが身に冠せられた『人斬り玄庵』の異名も納得がいく。

（俺と浅右衛門は、多くの死者の血に染まった同類なのかも）

そんな気がしてならなかった。

だが一つだけ決定的にちがうのは、浅右衛門は死者への尊厳をみじんも持っていない。多くの死体を金に換えて、まったく恥じるところがなかった。

下賜の刀の出来を調べることより、浅右衛門は役得として臓器を活用することに重きをおいている。干し胆の人胆丸を売りさばき、巨額の金を得ていた。腑分けにたずさわる解剖医からみても、そうした行為は外道《げどう》の極みであった。

玄庵は息を切らして横町の路地をまがった。

赤い前垂れをした地蔵尊の前で、運よく羽織袴姿の斎藤一に出くわした。髪結いに行ったらしく、無精ひげもきれいさっぱり剃っていた。

大事なときに行きちがいにならなくてほっとした。

殺生戒をやぶった人斬りにも、仏は慈悲を与えてくれるらしい。玄庵はそばの地蔵菩薩に片手おがみして、すっかり好男子となった斎藤に声をかけた。

「見ちがえたぜ、一の字。どこの一座の売り出し役者だ」

「身なりを整えて試衛館へ行ってきた。人事をあずかる気難しい土方歳三さんとも意気投合した。今後は剛胆な近藤先生の情けにすがり、芸人横町のあばら家を引き払って、試衛館の食客として同じ屋根の下で暮らすことにしたよ」

「で、引っ越しは」

「善は急げさ。明日にでも試衛館へ移ろうと思ってる」

「その前に手を貸してくれねぇか」

「よく言ってくれた。玄庵さん、その言葉を待ってたぜ」

「……悪いが、今夜俺と一緒に死んでくれ」

「お安いご用だ」

気持ちの良い返事だった。

訳を聞く前に、剣友は命をあずけてくれた。

独り身の流れ者は、男同士の友誼を何よりも大事にしていた。剣客の近藤勇も、そうした本質を見抜いて斎藤を試衛館に迎え入れたにちがいない。

ここで長々と、薄幸な夜鷹との因果ないきさつを話してもしかたがない。玄庵は手短かに現在の状況を伝えた。

「知り合いの女が悪党どもに連れ去られた。てごわいやつらだが、男の意気地にかけて救い出したい。ざっと相手方は三十人だ」

「おもしれぇ、斬りごたえがありそうだな。で、その相手と場所は」

「麹町平河町に住まいする首斬り浅右衛門とその一党」

「世に名高い大悪党か」

「女の呼びだし役には、ついさっき会った。山田家の縁者で三ノ輪の千吉って野郎だ。話し方が気にくわないので、二度と口がきけないように小塚原の刑場前でぶった斬った」

「ぐわっはは、ますますおもしれぇや」

斎藤が路地奥で高笑いを響かせた。これから死地へおもむくというのに、まったく腰がひけていない。無頼の剣士は持病の脚気を克服し、いつになく意気軒昂だった。だれよりも強力な助っ人であった。

斎藤一の抜刀術は玄庵よりもずっと筋がよい。大道芸で日に何度も鞘走らせているうちに、四尺二寸の長刀を自在に使えるようになっていた。酒びたりで自堕落な生活をしていても、いざという時には俊敏に動けた。かつて明石城下の遊里で、十数人の与太者たちと大喧嘩となったときも二人で叩きのめした。平時においてはまったく役立たずの剣友だが、非常時には最も頼りになる。

いったん自宅に戻った斎藤は、草鞋《わらじ》に履き替えてしっかりと足拵《あしごしら》えをした。玄庵も古草鞋を借りた。

（真剣勝負では何が起こるかわからない）

わずかな足運びの差が生死を分ける。多数の敵と乱戦になれば、下駄履きでは足さばきが遅くなる。斬り込みの室内戦で草鞋は必需品だった。

玄庵は薬箱を部屋隅に置き、仕込み杖を腰帯に差した。箱内に入っている伝家の宝刀をかざすつもりはなかった。

斬るべき山田浅右衛門は幕臣ではない。葵の御紋とは縁遠い民間試刀家である。多くの死者を辱め、人胆丸を売って蓄財するような亡者が、徳川家への忠誠心を持っているとは到底思えない。

戦支度の斎藤が軽口を叩いた。

「おや、薬箱は持参しねぇのかい。敵を斬ってから傷口をぶっとい畳針で縫いつけるのがあんたの流儀だろ」

「生かしちゃならねぇやつも大勢いる」

「たしかにな。今の世の中はだれを信じたらよいのかさえわからない。一緒に死んでくれと頼まれるおれは幸せ者だ」

「一の字。ありがとよ」

「礼を言うのはこっちのほうだ。玄米食の健全な生き方どころか、男らしい死に場所まであたえてくれた。さ、行こうぜ相棒」

陋屋《ろうおく》を出た二人は暗路をならんで歩き、とりとめのない会話をかわした。

斎藤は二尺八寸の愛刀を腰に差し、商売用の四尺二寸の長剣まで肩にかついでいた。どんな名刀も三人以上の敵は両断できない。人を斬れば脂がべったりと刀身にこびりつき、すっかり切れ味が悪くなって鈍刀と化すのだ。数々の修羅場をくぐった流れ者は、そのことを承知している。

異様な風体だが、だれも怪しまなかった。浅草の芸人横町にはもっと奇矯な者たちが大勢行き交っていた。

剣友がさりげなく言った。

「ずっと医者として見ていたが、今夜のあんたの顔からは《仁》の一文字が消えてる。どんな時も手元に持っていた大事な薬箱を手放すとは」

「知ってのとおり、たった三月で無外流抜刀術の目録をとった俺は、まったく剣勢の加減ができねぇんだ。斬りつけると切っ先が動脈を断ち切って、たいがいのやつは死んでしまう」

「なら、大道芸人は無理だな」

「あれは一の字だけができる離れわざさ。それに今夜は無性に気が立ってる。女をいたぶる野郎たちにゃ情け無用だ」

「玄庵さん、よほどその女に惚れてるな」

　図星だった。

　手元からこぼれ落ちて、やっと志乃への想いの深さが自分でもわかった。身の上話にほだされ、夜鷹の仇討ちに助太刀したのも江戸っ子の酔狂ではない。心底惚れていたからこそ、危ない橋を迷わず二人で渡ったのだ。

　泥にまみれて生きてきた夜鷹の志乃は、若い玄庵にとって不忍池に咲く蓮花にも等しい存在であった。それを無惨に手折ろうとする者たちを決してゆるすわけにはいかない。

（衆生に御仏の道を教える地蔵菩薩にすまないが……）

今夜だけはどうしても歯止めがきかない。

人の生胆を売る三ノ輪の千吉だけでなく、婦女子を害する鬼畜どもの息の根をとめるつもりだった。

しかし、仏の顔も三度までだ。

昨晩は旧友の銃弾に救われ、今朝はお手討ちになるところを篤姫に助けられた。だがこのまま山田邸へ斬り込めば、生きて帰れる可能性は皆無といえよう。

それほどに浅右衛門の居合い術は傑出している。

もちろん首斬り役は楽な仕事ではない。果たし合いとちがって、斬るべき相手は無抵抗だが、死から逃れようとする罪人の思いは強烈だった。

刑場の首斬り役は、生者の命を瞬時に断ち切る技と闘魂が必要であった。

町奉行所に勤める玄庵は、古株の同心から話を聞かされたことがある。重罪人の斬首は腰物奉行の差配下で行われる。だが、腕の未熟な同心たちは太刀筋が乱れて失敗をくりかえした。そのため刑場には血と肉片がとび散り、死にきれぬ罪人たちは苦痛にのたうちまわったという。

そうした場面をさけるため、代役として凄腕の死刑執行人が二百年前に出現した。

刀剣鑑定家と称する初代山田浅右衛門である。

以前から諸大名に新刀の試し斬りを頼まれていた浅右衛門は、お役目を引き継いで難なく罪人の首を刎ねとばしていった。血染めの刀身の磨ぎ料として二分金が手元に入る。それは受け持ちの同心が懐へおさめ、浅右衛門は名刀好みの諸家から数百両の礼金をせしめていた。

とうの昔に戦国時代は終息していた。武家諸法度が制定され、太平の世に刀の切れ味を試す機会などなかった。諸侯から刀剣鑑定の依頼が山田家に殺到した。《御試御用》は、まさしく大金を生み出す既得権益であった。

世襲の山田浅右衛門は、一子相伝の居合い術を習得している。そのあざやかな秘技を使い、八代に渡って数百人の首を斬り落とし、莫大な収入を手にして一等地の麹町に大邸宅を構えていた。

邸内には、身辺警護の内弟子が数十人ほど居るらしい。長州の吉田松陰らを小塚原で処刑して以来、浅右衛門もまた過激派志士たちにつけ狙われていた。

浅草から麹町へ向かうには、いったん八丁堀へ直進して江戸城の外堀ぞいに半周しなければならない。

体力を消耗しすぎては、多数の敵を斬り伏せることができなくなる。玄庵は相棒の斎藤に提案した。

「遠すぎるな、一の字。最後の贅沢に町駕籠を二挺とばそうぜ」

「駕籠にゆられて殴り込みか。それも一興」

「せまい駕籠内じゃ四尺二寸の大太刀が邪魔っけだが」

「心配いらねぇ、梶棒がわりに駕籠かきに持たせておくさ」

無外流同門の呼吸はぴったりと合っている。そのまま浅草雷門へと足をむけ、客待ちをしている二組の駕籠屋に声をかけた。

「急ぎの用だ。二挺駕籠でとばしてくれ」

「わかりやした。できれば銭は前渡しでお願いしやす」

兄貴分らしい男が、きっちり前金を玄庵に請求した。

どうやら駕籠を乗り逃げされるとでも思ったらしい。図抜けた大太刀を背にした斎藤一の姿は、あまりにも剣呑すぎた。

江戸っ子は宵越しの金を持たない。貧乏医師の玄庵も、金払いはめっぽうよかった。懐に銭があればあるだけ使ってしまう。

（宵越しどころか……）

一刻後に斬り死にする可能性が高い。

駕籠屋の申し出をあっさり受け入れた。それぞれに二朱金を手渡すと、人相の悪い男たちの表情がほころんだ。

「で、旦那がた。行く先は」

「麹町平河町の大邸宅だ。主の名は山田浅右衛門」

「げッ」

屈強な四人の駕籠かきが、そろって声を詰まらせた。それほどに首斬り浅右衛門の悪名は巷に浸透しているらしい。二百年近く死刑執行をこなしてきた山田邸は怪談話に事欠かない。

自白重視の取り調べなので、斬首された男女の中には無実の者も交じっていたろう。今生に恨みを残したかれらは、幽霊となって山田家にとり憑いているという。そのため、昼間であっても平河町の山田邸に近寄る者などいなかった。

兄貴株の男の顔がくもった。

「旦那、やっぱり無理だ。銭は欲しいが、命あっての物種なので」

「わかった。もう二朱つけ足そう」

「ようがす。地獄の沙汰も金しだいとか。夜道を突っ走って山田邸の表門に駕籠をどんっと横付けしますぜ」

気負いこんだ四人が、ふんどしをキュッときつく締めなおした。

二

二挺駕籠は麹町の勝山藩下屋敷を掛け声高く走り抜けた。江戸での政務をとりしきる上屋敷とちがい、藩主の別荘とでもいうべきものだが、それでも優に三千坪はあった。

やがて海鼠塀《なまこべい》が連なる平河町へと至り、山田浅右衛門の屋敷前で駕籠はとまった。すばやく降り立った玄庵らは、小田原提灯を借りうけた。

「ご苦労だったな。これは提灯代だ、取っておけ」

「頂戴いたしやす。どうぞ、ご無事で」

「俺に会ったこと、山田邸まで向かったことは他言無用だ」

「ちゃんと心得ております」

「よかったら、もう一稼ぎしてみねぇか。この先の辻で一刻ほど待機していてくれたら三倍付けの駕籠代をだすぜ」

「毒を食らわば皿までとやら。夜明けまで待っておりやす」

格言好きな兄貴分があっさりと請け負った。

心付けを懐にねじこんだ男たちは、空駕籠をかついで四つ辻まで運んでいった。一月分の臨時収入は、幽霊のたたりを追い払うほどの霊験があるようだった。

ほのかな提灯の明かりに豪壮な武家屋敷が浮かびあがる。周辺の大名家上屋敷にくらべても、民間試刀家の邸宅はまったく遜色がなかった。

(実収入は三万石の大名なみという噂も……)

まんざら嘘ではなさそうだ。

玄庵はきつく眉根を寄せた。九割以上の御家人たちは年五十俵以下の薄給に甘んじ、窮乏生活のなかでからくも武士の体面を保っている。同僚の国光平助などはわずか二十俵の俸禄にすぎず、嫁の来手もなかった。

それにくらべ山田浅右衛門は、浪人身分にもかかわらず大名屋敷が連なる江戸城近くに豪邸をかまえ、月に何度も深川芸者たちを呼び寄せて酒宴を張っていた。それぐらいの気晴らしをしないと、過酷な首斬り役は務めきれないのかもしれなかった。

助っ人の斎藤一は、早くも戦闘態勢だった。四尺二寸の長剣を肩ごしに握って小声で言った。

「どうする、玄庵さん。夜盗みてぇに塀を乗りこえて邸内に忍びこみ、野郎たちの寝込みを襲おうか」

「いや、堂々と名のって正面から突破しよう」

「悪の巣窟の表門を叩くってのか」

「そうさ。叩けばかならず門は開く」

玄庵の覚悟を知って、剣友はさらに奮い立った。

「おもしれぇ。あんたと一緒だと退屈しねぇや。門が開いたら、おれが先に斬りこんで暴れまわり、郎党たちの目を引きつける。その隙に女を救出するがいいや」

「待ちな、一の字。山田邸は広すぎて、女を捜し出すにも時間がかかっちまう。まずは当主の浅右衛門と差しで話をつける。決裂したら、その場でやつの首を刎ねとばしてやる」

「やるな、人斬り玄庵。首斬り浅右衛門の首を逆に刎ねるとは」

「どうかな、それは。抜く手はどっちが速いか、やってみなきゃわからねぇ」

相手がどんな剣客でも、間近で向かい合って斬り合えば勝ち残る自信があった。しかし、同じような居合い術を体得した浅右衛門は最も合い口の悪い難敵であった。

門前に仁王立ちし、玄庵は大音声《だいおんじょう》をあげた。

「開門！　かいもーんッ。幕府検死官の逆井玄庵と申す。詮議の筋があってまかりこした。かいもーん！」

むこうみずな江戸っ子は恐れを知らない。気味悪がってだれもが近づかぬ地獄門を、右のこぶしで激しく叩きつづけた。

声はとどいた。

門脇の連子窓から何者かがこちらを覗いている。待つ間もなく、堅牢な山田家の表門がギイーッと開いていく。

玄庵のもくろみどおりの展開だった。またそうした流れは、相手がわの書いた筋書きなのかもしれない。

（夜鷹のおしのを誘拐し、俺をおびきだして始末する）

狷介な山田浅右衛門は、最初からそうした腹づもりで事を起こしたとも考えられる。罠と知りつつ罠にはまる。

昔からそれが玄庵の流儀だった。死者たちの声を聞き取る検死官は、おのれの生死にまったく無頓着だ。もしかすると、数々の冷厳な屍体と接するうち、すでに冥界へ足を踏み入れてしまったのかもしれない。

仕込み杖に左手をそえ、玄庵はゆだんなく身構えていた。

すると意外にも、年老いた使用人が門外へ立ちあらわれ、ていねいな言葉づかいで応対した。玄庵の慈姑頭を見て、その身分を確認したようだった。

「わたしは山田家に仕える孫作でございます。幕府の詮議であれば、これをこばむ理由はございません。主の浅右衛門さまは湯浴《ゆあ》み中なので、離れの茶室にてしばしお待ちくだされ」

「ほかに人は……」

「屋敷は広うございますが、わたしのほかには家事手伝いの女中が数人ほど住みこんでいるばかりにて。そのかわり、山田流居合い術を習いに来る通い弟子は三十人ほどおりますが」

実直な使用人の言葉に偽りはなかった。ちらりと邸内に目を走らせたが、老齢の孫作のほかに郎党らの姿は見当たらなかった。山田邸の恐ろしい怪談話や、多数の屈強な警護役の存在などは世間がつくりあげた悪意の作り話だったようだ。

押っ取り刀の斎藤一が、すっかり拍子抜けした顔つきで言った。

「これじゃ、おれの出番はなさそうだ」

その言葉を聞きとがめ、孫作が忠義づらで立ちふさがった。

「奉行所付の医師たる玄庵さまはともかく、ぶっそうな大太刀をかついだ者を通すわけにはまいりません。あなたはこの表門の詰め所でお待ちあれ」

「一の字。爺さんの指示に従いな。俺は離れの茶室で御当主ときっちり話をつけてくる」

「大丈夫か、玄庵さん」

「半刻すぎても戻らないときは、一の字の好き勝手にしな」

そう言い残し、玄庵は敢然と屋敷内へ足を踏み入れた。

前庭を先導しながら、孫作がちらりと横目を走らせた。玄庵を疑っているようなまなざしだった。接客に使われる座敷には通されず、飛び石伝いに裏手へとまわった。

玄庵は苦笑した。

(人でなしの首斬り浅右衛門にも……)

こうして忠義を尽くす奉公人がいる。

手入れの行き届いた中庭を左折すると、灯籠の薄明かりの向こうに枯山水の名園が広がっていた。波打つ白砂に自然石が配され、幽玄のおもむきをかもしだしている。

前を行く孫作が、手放しで主人をほめ讃えた。

「悪評ばかりが広がっておりますが、わが主ほど品行方正なお方はございません。奉公人にもやさしく接せられ、そうした心づかいは庭園の美しさにもあらわれておりますれば」

「爺さん。では聞くが、高価な特効薬の人胆丸はどうなんだ。人体を切り売りして、あぶく銭を稼いでるのは事実だろう」

「あれは幕府公認の霊薬です。死病の労咳も人胆丸によって治りますので、なんらやましいことはございません」

「そうかい。主思いだな」

忠義者の老人を、これ以上責める気にはなれなかった。

それにしても豪奢な庭だった。首斬り稼業の浅右衛門は、潤沢な入金を蓄財する気はないらしい。緋鯉の泳ぐ池、昇り龍の細工がほどこされた大灯籠、庭師の手が入った枝ぶりのよい老松、どれもこれも贅を尽くしたものばかりだった。

「……茶室の行灯《あんどん》に火を入れねば」

孫作がひとりごとのように言って、枯山水の奥に建つ茶室へ歩を進めた。

そして先に小さな躙《にじ》り口から茶室へと入った。カチカチッと火打ち石の音がして、すぐに灯がともった。

「玄庵どの、どうぞ中へ。ただしお腰のものは室外に置いていってくだされ。静かな茶室に刃物は似合いませぬ」

「それも道理だ」

「主の浅右衛門さまは、すぐにまいられますので」

「心して待とう」

言われたとおり仕込み杖を軒下に立てかけ、玄庵は身を躙るようにして入室した。せまい空間なので刺客がひそむ場所もない。

だが、いっそう危険度は増している。老人の巧言にのせられ、護身用の仕込み杖を室外に置いてきてしまった。

（……ここで浅右衛門に斬りつけられたら逃れるすべはない）

静寂につつまれた茶室は、玄庵の血で真っ赤に染め変えられるだろう。

孫作と入れ替わるように、月代《さかやき》を広く剃り上げた痩身の若者が無腰で茶室へと入ってきた。毛むくじゃらな大男だとばかり思っていたが、まるでつっころばしの二枚目のような美男子だった。

湯上がりの顔は、うっすら桜色に染まっていた。

「山田浅右衛門でございます。どうかお見知りおきを」

代替わりしたばかりの山田浅右衛門は、礼儀正しい好青年に映った。世間の悪評との落差が大きすぎる。どこにも殺気は感じとれない。そのことが、かえって不気味だった。

当惑しながら挨拶をかわした。

「南町奉行所付検死官の逆井玄庵だ。今夜は火急の用件があってまかりこした」

「ご用件とやらは、茶を喫しながらゆっくりとうかがいましょう」

「詰め所に人を待たせている。あまり時間はとれねぇが」

「……私を斬る気ですね」

「そのつもりだ」

「これは愉快。私もあなたを斬るつもりでおります」

余裕をもって切り返された。

わずか三畳の室内で二人は対峙した。

茶道の極意は一期一会。生涯にただ一度だけあいまみえる心構えでのぞまねばならない。それはたがいの命を賭けた果たし合いとも言えよう。

外光をとりいれる壁ぎわの下地窓は、すでに暗く染まっていた。

着流し姿の浅右衛門は端然とすわり、ゆったりと茶を点《た》てながら言った。

「お噂は耳にしております。破天荒な蘭医が長崎から帰ってきて、江戸の悪党どもを腑分けして切り刻んでいると」

「噂はたいがい嘘っぱちだが、当たってる部分もある。山田邸にゃ大勢の護衛が詰めていて、幽霊まであらわれるという話だったが、よく見りゃ御当主が幽鬼かもな」

「おたわむれを。八代つづいた家業とはいえ、私も《首斬り浅右衛門》の名に閉口しております。見てのとおりの若輩者ですので」

「よく言うぜ。虫も殺さぬ顔をしてばっさりと」

「隠しようもありませんね。たしかに昨日は三人の刑徒の首を仕損じることなく順ぐりに刎ねました」

「笑えねぇな。どんな料簡か知らねぇが、茶を喫し終わったら、連れ去った人質を返してもらいたい」

「はて人質とは……」

「三ノ輪の千吉に誘い出させた若い女さ」

「とんと存じませぬ。養子の私の代となってから、山田家の縁者と称する千吉とは義絶しておりますれば」

「そうだっけが」

玄庵はうなずくほかはなかった。

世襲の山田浅右衛門は実子が継ぐのではなく、最も腕の立つ弟子の中から選抜されてきた。首斬り役をこなすには卓越した技倆がいる。山田流居合い術を究めた者にしか務まらないのだ。

縁者の名をだしたことは浅慮だった。すでに三ノ輪の千吉は手にかけてしまっている。明朝には小塚原の刑場前で遺体が発見されるだろう。そうなれば、山田家の威信にかけて下手人捜しが始まるにちがいなかった。

真っ先に疑われるのは、最初に千吉の名をだした玄庵にほかならない。風雅な茶室は肌を刺すような緊張感につつまれた。

しかし、数々の修羅場をくぐりぬけてきた若い当主は表情ひとつ変えなかった。茶釜から湯をすくう柄杓《ひしゃく》にも乱れはない。

（……こいつは本物の首斬りだ！）

歴代浅右衛門のなかでも傑出した剣客だった。これ以上たがいに腹を探り合っても無駄だろう。

例によって、玄庵は単刀直入に言った。

「呼びだし役の千吉は俺が殺《や》った。罪状は捜査妨害だ。義絶した仲ならばしこりは残らないはず。文句はねぇな」

「ございません。さ、一服されよ」

すっと黒茶碗がさしだされた。

抹茶の香りが匂い立つ。玄庵は手にした茶碗を行灯にかざし見た。高価な織部焼の名器であった。

「いただこう」

ぬるめの茶をぐい飲みした。無作法の極みだが、当主の浅右衛門はとがめなかった。そしておだやかな面貌で言った。

「玄庵どの、もう一碗いかがですか」

「それよりも話を詰めようぜ。早く女の行方を知りたい。当屋敷にいないのなら情報だけでも知らせてくれ。名は志乃だ」

「一つだけ条件があります。さほど難しいことではありませんが」

「聞こう」

「玄庵どのは無外流抜刀術免許皆伝とか。これもなにかの縁なれば、わが屋敷内の道場にてお手合わせ願いたい」

「得物はどうする。抜刀術や居合い術に竹刀や木刀は使えねぇ」

「もちろん、それぞれが使い慣れた愛刀で」

浅右衛門は勝負どころを充分に心得ていた。

初めから生かして帰すつもりはなかったようだ。手合わせという名目で、玄庵を邸内で斬殺するつもりらしい。

　せわしなく鉄釜から湯気が立っている。

（負けてたまるか！）

　底冷えのする夜だが、玄庵の胸は風炉よりも熱くたぎっていた。今の玄庵にとって、賤業の志乃はたかが夜鷹の命と引き換えに死地へとびこんだ。おのれの生死など羽毛よりも軽かった。

菩薩よりも尊い。それにくらべ、おのれの生死など羽毛よりも軽かった。

　花入れに遅咲きの白梅が一輪生けてある。浅右衛門が鉄釜の蓋《ふた》を閉じながら言った。

「惜しいですね。めったにない真剣の手合わせなれば、通い弟子たちにも見届けさせてやりたかった」

「天下随一の刀剣鑑定家なら、さぞかし凄い差し料を」

「いいえ。わが家にある名刀はすべて諸大名からの預かりもの。とくに備前長船などの古刀は真贋が見極めにくい。じっさいに人を斬ってみなければ利鈍はわかりませぬ」

　目利きの鑑定家の何気ない一言が、玄庵の脳髄を強く刺激した。

　事の発端となった《黒川宗二郎殺し》の際、辻斬り稼業の彼が残した言葉が耳によみがえってきた。『さるお大名から備前長船の試し斬りをたのまれておる』と。

　玄庵はぐっと奥歯をかみしめる。

試し斬りの仲介者は、目の前にいる山田家当主だと直感した。死罪となる刑徒の数はかぎられていた。諸大名から多くの刀剣鑑定を依頼された浅右衛門は、ひそかに凄腕の宗二郎に試し斬りの仕事をまわしていたと思われる。

気持ちを押し隠して尋ねた。

「で、しのの居場所は」

「それは剣をまじえた後で伝えましょう」

「茶の湯は一期一会とか。かならず聞いて帰るぜ」

「ええ。玄庵どのが生きていればの話ですが」

首斬り浅右衛門は、サッと灰をかぶせて風炉の種火を消した。

三

山田邸内の裏庭に面した道場で二人は相対した。

檜の板敷きで広さは十畳ほどしかない。大勢が竹刀を振りまわす町道場とちがって、居合い術の技をみがくにはそれだけの空間で充分だった。

しかも両人はそれぞれ愛刀を腰帯に差している。手合わせという軽い語感にそぐわぬ文字通りの真剣勝負であった。

両者共にそれを望んでいた。

玄庵は、きっちり浅右衛門との斬撃距離を測ってから言った。

「もし俺が敗れたら、詰め所にいる助っ人には手をだすな。駕籠を待たせてるので、やつが遺体を小石川の実家へ運んでくれる」

「心得た」

「勝てば、こちらの用件をすべて呑んでもらう」

「相討ちということもあり得る」

百匁蝋燭《ひゃくもんめろうそく》の薄明かりのなかで、浅右衛門は冷然とこたえた。まだ両人の殺気は頂点にまで達していない。たがいに言葉をかわすだけの余裕があった。

これまで幾度か強者らと刃を交えてきたが、同じ抜き打ちを決め技とする剣客と対戦するのは初めてだった。

（……どちらが抜く手が速いのか）

命の土壇場で、独自の死生観を持つ玄庵は状況を楽しんでいた。

ちらりと道場の羽目板に横目を走らすと、門弟たちの名札がずらりと架かっていた。

塾頭の名は目立つ朱文字で記され、《黒川清十郎》と読めた。

塾頭の清十郎は、志乃が殺した黒田宗二郎の実兄であった。

（やはり黒川家とつながっていたのか！）

志乃をかどわかした理由がこれで明白となった。

山田浅右衛門は、幕府の要職をつとめる清十郎の意を受けて誘拐に手を貸したにちがいない。あるいは父親の大膳が、民間人にすぎない試刀家に強要したとも考えられる。

玄庵の全身に闘魂が宿った。

完勝し、なんとしても志乃の居場所を吐かさねばならない。だが、当の浅右衛門の表情にあせりの色は見られなかった。山田流居合い術の後継者たる若者は自信ありげに烈声を放った。

「いざ、参るッ」

サッと右半身になって構えた。

そのとき臀部《でんぶ》ごしに短い黒鞘《くろさや》が見えた。玄庵は目を疑った。首斬り浅右衛門の愛刀は、わずか二尺足らずの差し料だった。

大道芸とはいえ、斎藤一は倍以上の大太刀をあざやかに抜き放つ。だが悪名高い首斬り人は、裁縫用の物差しめいた刀で玄庵を両断しようとしていた。

やはり只者ではない。

山田流居合い術の若き後継者は、だれよりも勝負の綾を知っている。勇気をもって相手との間合いさえ詰めれば、長剣の利点を消し去ることができる。

浅右衛門は何よりも抜き打ちの速さを優先していた。より迅速に太刀を噴出するには、納める鞘は寸詰まりで、刀身も軽くて短いほどよい。現に玄庵も軽量の仕込み杖をふるって、これまで大敵を斬り倒してきた。

噂の首斬り人が薄く笑い、湯上がりの艶冶顔《えんやがお》で呼び捨てにした。

「玄庵、どうした。来ないのなら、こちらから行くぞ」

「浪人山田浅右衛門。しょせんは幕府に飼われた犬っころかよ。目付の黒川大膳とつるんでやがるな」

玄庵も相手の弱みを突いて挑発する。そしてズンッと腰を沈め、低い体勢で左右に体を揺らした。動きを止めないことによって、据物斬りを得意とする浅右衛門の決め技を封じたのである。

しかし、浅右衛門は動じなかった。

隙のない半身の体勢をくずさず、刀の柄に右親指をあてがって低く念仏を唱えだした。

「南無《なむ》、阿《あ》、弥《み》……」

それは死にゆく玄庵への弔いとも聞こえる。

とぎれとぎれの念仏は、逆に首斬り人の殺気を高めているかのようだ。手元を見やると、仏の名を唱えるたびに五本の指が順次に刀の柄を握りしめていく。親指、人差し指、中指となめらかに折られていき、若者の頬も徐々に朱色に染まりだす。残る薬指と小指がしっかりと柄を掌握したとき、二尺の愛刀が鞘から解き放たれるのだろう。

目の当たりにした居合い術こそ、一子相伝の《山田流据物刀法》にちがいない。おごそかな儀式めいた所作のなかに、敵を無力化させる催眠作用まで秘められていた。

玄庵は完全に相手の術策にはまってしまった。一連の据物刀法を止める方策が見つからなかった。

(このままでは念仏が終わると同時に……)

浅右衛門の居合い術が炸裂し、なすところなく敗死してしまう。

じわじわとすり足で間合いを詰められた。両者は見切りの距離が微妙にちがっていた。刀身が短い浅右衛門の斬り間は、玄庵よりもさらに近かった。大胆に肉迫し、たがいの吐息が聞こえるほどに接近してくる。

腕も経験も浅右衛門が一枚上だった。

追いつめられた玄庵は、瞬時に方針を変えた。勝てないのなら相討ちねらいで斬り結ぶしかない。

(……寸の短い敵の刀で肉を斬らせ)

一呼吸遅れても、三寸長い切っ先で相手の骨を断つ。

いずれにせよ、勝負は一瞬で決まる。覚悟を定めた玄庵は、わざと必敗の引き足をつかって浅右衛門を誘った。

意表をつかれたのか、それまでゆっくりと唱えられていた念仏が最後の部分だけ早まった。

「……陀《だ》、仏《ぶつ》ッ」

腰をひねって、浅右衛門が愛刀を抜き放った。

その一瞬、百匁蝋燭の炎が剣風をうけて揺らめいた。ほぼ同時に玄庵も抜刀し、体を沈めて片手斬りで剣先をズンッと伸ばした。実戦を重ねる中、自分で編みだした喧嘩殺法の脛《すね》斬《ぎ》りであった。が、ほとんど手応えはない。逆に左肩に激痛が走った。

本能的に横っ飛びして、敵の二の太刀を避けた。道場内に映っていた二人の黒い影が入り乱れる。見やると、浅右衛門もよろめいて片膝立ちになっていた。右足首に刀傷を負い、口惜しげに唇をかみしめている。まさか幕臣が、百姓剣法の脛斬りで対抗してくるとは思ってもいなかったらしい。

すると、道場の入口から剣友が草鞋履きの土足で踏みこんできた。

「相討ちだな。見事な太刀筋、この目でしっかりと見届けた。互角の勝負なれば両人共に剣を引くべし」

「一の字、なぜここに」

肩の痛みをこらえ、玄庵は斎藤一に視線を送った。命知らずの流れ者がなんでもなさそうに言った。

「あんたが好き勝手にしろと言い残したので、勝手にさせてもらったぜ。まず忠義者の爺さんをふんじばって詰め所に閉じこめた。それから邸内を捜しまわり、炭小屋に閉じこめられていた女を救い出したってわけさ。待たせていた駕籠に女をのせ、わが大邸宅へと運んだから心配いらねぇ」

「首尾は上々か」

「玄庵さん、もうここに長居は無用」

「そうだな。手合わせは痛み分け、たがいに遺恨は残るまい。浅右衛門、大手をふって帰らせてもらうぜ」

返答はない。

剽悍な助っ人が立ちあらわれ、形勢は完全に逆転していた。ここで無駄に抵抗すれば、二対一の闘いを強いられる。傷ついた浅右衛門にそれをはね返す余力は残されていなかった。

刀身を鞘におさめた人斬り玄庵は、医師の顔つきにもどって言い渡した。

「見たところ、脛の切り傷は骨まで達してはいない。斬った本人が言うのだからまちがいないぜ。右足首裂傷で全治一月。刑場での首斬り役はそれまでおあずけだ。風呂には入らず、焼酎で患部を毎日消毒するように。もし傷口が裂けて膿むようなら、小石川の医院へ来い。きっちりと縫合する」

　年若い首斬り人が無念げにつぶやいた。

「……次はかならず首を刎ねてやる」

「真剣勝負に次の機会はない。これぞ一期一会。あばよ」

　嫌味な捨てぜりふを残し、玄庵は剣友と連れだって山田邸の表門から堂々と出て行った。

第四章　小石川の春

一

自邸の寝所で二日二晩眠りこけた。

隣家の恋猫がしきりに鳴きわめき、玄庵はけだるく目覚めた。春の交尾期に入ると雄猫たちは食事もろくにとらず、昼夜となく狂おしく雌を求めてほっつきまわる。そして所かまわずわめきたて、争って傷つき、憔悴しきった姿で住み処へと帰っていくのだ。

（……俺も同じ春の恋猫か）

玄庵は自嘲するばかりだった。

夜鷹の志乃を救うため、身も世もなく大江戸の夜を走り回った。激情にかられ、三ノ輪の千吉までも斬り捨てた。恐れることなく、首斬り浅右衛門に立ち向かって刃を交えた。

幸い、剣友の斎藤一の機敏な働きによって志乃を救出できた。その身柄は浅草の芸人横町へと移し、斎藤が引き払った陋屋に潜ませている。他国者の出入りが多く、派手ないでたちの遊芸人らがうろつく繁華な町のほうが、かえって人の目も避けやすい。

左肩にうけた刀傷は、自分の手で十二針ほど縫って傷口をふさいだ。それでもまだ痛みは少し残っている。

寝所の襖が荒っぽくひらかれた。

そっと薄目をあけると、大柄な飯炊き女が遠慮なく掛け布団をザンッと剥ぎ取った。

「げぇもねぇ、いつまで寝床ででんぐりかえってるだ。早く起きなっせ、しまいにゃしっぱたくよ。怪我人がやってきたど。ご主人の泰順さまはお上の検便のため登城なさっておられる。さ、玄庵どのの出番じゃで」

子供のころから寝起きが悪い玄庵は、いつもの子供っぽい仕草で泣きを入れた。

「すまねぇが、もう少しだけ寝させてくれ」

「毎朝のように悪たれ口は言いたくねぇども、そのまんま枕にしがみついてると、首さぶっこ抜くよ」

「加代にやられるのなら本望さ」

「弱い者や患者を救うのが医師のつとめじゃろうが。泰順さまがいつもおっしゃってるだ。医は忍術だと」

「俄漫才《にわかまんざい》でもあるまいし、それも言うなら仁術だろ。たった三十文の医療費を稼ぐために、可愛い坊やの安眠をさまたげるなよ」

「また甘ったれた声をだして。そうはいかねぇっす。患者は一昨日の夜に凶賊が屋敷に侵入して右足首を斬られたとかで、わざわざ麹町から駕籠に乗ってこられた」

玄庵には心覚えがあった。

「もしかしたら、急患の名は山田浅右衛門じゃないのか」

「そうでがんす。あの首斬り浅右衛門」

「知っていながら、診療室へ招き入れたのか」

「おったまげることはねぇずら。まだ若くて、純な心がひとかけら首斬り役の目元に残っておった」

「やつとは相性が悪い」

「どんないきさつか知らねぇども、救ってくれと言うのなら、昨日の敵は今日の友だす。さっさと傷を縫ってあげりゃすむ。患者に上下のへだてはねぇべ」

きつい下総《しもうさ》なまりで小言をくらった。

育て親ともいうべき飯炊き女に、玄庵はまったく頭があがらない。長く逆井家に勤めるうち、下総の百姓女は《仁徳》をしっかりと身につけた。いつしか医療にも習熟し、助産婦としての腕も確かだった。軽い下痢や風邪の治療なら、玄庵よりもずっと上手くこなす。裏庭に植えた薬草を摘み取り、自分で調合して病人に手渡した。

偽医者だと本人も自覚しているらしい。

薬代は請求せず、かわりに野菜や川魚などを患者から受け取っていた。ただし、縫合手術はやはり西洋医学をまなんだ蘭医玄庵の出番となる。

屋敷へ侵入した凶賊とは、まぎれもなく玄庵のことであろう。

一昨日、麹町の山田邸へ強引に入りこみ、けれんの脛斬りで浅右衛門の右足首に傷を負わせた。

玄庵も左肩を浅く斬り裂かれ、相討ちの痛み分けとなった。あと二寸ほど相手の切っ先が伸びていたら、肺腑をえぐられて致命傷となっていた。

その折、志乃を救出できたことで殺気が薄れ、傷ついた仇敵に思わず情けをかけてしまった。

『刀傷を縫合したいのなら、小石川の自宅診療所へ来い』と。

しかし、まさか加害者のもとへ平然とやって来るとは考えてもいなかった。

(顔に似合わず、ずぶとい野郎だ)

玄庵は若者の根性を見なおした。その並はずれた腕と度胸は首斬り浅右衛門の名にふさわしい。

だが思い返せば、やはり詰めが甘すぎたようだ。

斎藤が助勢に加わった二対一の場面で、容赦なく浅右衛門にとどめを刺すべきだった。なまじ見逃したばかりに、こうして傷治療までしなければならない。

（あるいは来診は方便で……）

治療医の玄庵を斬りに来たとも考えられる。

傷を負った浅右衛門は、あのとき恨めしげな表情で、『次は首を刎ねとばす』と玄庵に宣告していた。

それに玄庵は、三ノ輪の千吉まで斬り捨てている。山田家当主として黙っていては沽券にかかわる。かならずや隙をついて襲いかかってくるはずだ。

想念にふけっていると、加代婆にぴしゃりと頭を叩かれた。

それは朝の二人の恒例行事であった。母亡しっ子の玄庵は、乳房のでかい雌牛めいた加代とじゃれていると心が安らぐ。

「玄庵どの、寝起きが悪すぎるど。この悪たれ坊主め、さっさと着替えて診療室へ行きなっせ」

「わかったよ、加代。着替えさせてくれ」

「また猫なで声をだしてからに」

「知ってるだろ。俺ひとりじゃ何にもできねぇんだ」

「だったら早く嫁をもらわにゃ。な、そうだんべ」

口ではそう言いながら、加代もまた玄庵の身のまわりの世話を焼くことに生き甲斐を感じている。

こうして小石川の自宅で老婆と語らっていると、自分が関わった血なまぐさい事件が幻夢のように思えてくる。やはり父泰順のように、こつこつと地味に医者としての本分を尽くすのが正しい道なのであろう。

（……すべてを帳消しにして）

縁側でのんびりと日向ぼっこしたくなってきた。

だが、そんな安穏な日々をこれまで一度も送ったことなどなかった。不運を呼び寄せる性質《たち》なのだろうか。玄庵の行くところ、かならず激しい風雲が巻き起こって血の雨が降る。

今回もまた、心ならずも二件の殺しに関わってしまった。不忍池の侍殺しでは下手人として追われる身。そして黒門前の奥女中殺しでは卑劣な犯人を追う立場だった。

料理上手な加代婆が手柄顔で言った。

「ほうら、着替えもでけたど。手術道具もそろっとるし、すぐに縫合は終わるじゃろ。その隙《ひま》に朝飯のおかずでも作っとく」

「腹ぺこだ。期待してるぜ」

「山田さまが手土産を持ってきたので、朝穫れの野菜と炊き合わせよう。春はアクが強くて苦いものを食べにゃ体が目覚めぬ。そうだんべ」

「加代が作りゃ何だってうまいさ」

お世辞ではなく、彼女は田舎料理の天才だった。どんな粗末な食材でも、加代の手にかかれば本来の旨さが充分にひきだされて最良の味付けとなる。手料理を目の前にだされると、どんな死にかけの病人もむっくりと起きだし、笑顔で丼飯を三杯もたいらげる。

加代がそばにいるかぎり嫁は不要であった。炊事洗濯だけでなく、男子としての心意気まで彼女に教わった。血のつながりはないが、それ以上の濃密な関係で二人はつながっている。

（どうやら生来の年増好みは……）

幼児のころにしっかりと根付いてしまったようだ。

小袖の白衣姿になると気分がひきしまる。

玄庵は油断なく診療室の襖をひらいた。六畳間の部屋隅に若い男が右足を投げ出してすわっていた。脛を負傷しているので正座はできないらしい。帯刀はせず、どこかすねたような表情だった。

山田浅右衛門は一介の患者として訪ねて来たらしい。怪しいそぶりはどこにも見当たらなかった。

かかりつけの医者めいた口調で玄庵は話しかけた。

「よく来たな、浅右衛門。刀傷の経過はどうだい」

「自分で斬っておいて、よく言えたものだ。あんたの診断《みたて》は甘すぎる。足の傷はけっこう深手だ。全治一ヶ月どころか、このままじゃ一生杖をついて歩くことになる」

「非情な首斬り役に泣き言は似合わねぇぜ」

「それもお役御免になるかもしれない。四名の罪人の死刑執行が十日後に迫ってるが、右足のふんばりがきかないので斬首は無理だ。といって大事なお役目を一度でも他人にゆずれば、すべてを失ってしまう」

「命を失う罪人にくらべりゃ軽いものさ。で、どうする」

手練の技で次々と首を斬り落としてこそ、首斬り浅右衛門の存在価値がある。そこでしくじったり、体調不良で忌避すれば《御試御用》の特権は剥奪されるだろう。

代替わりした若い浅右衛門はなんとしても刑場でふんばり、太刀を四度振り下ろさねばならない。

答えは一つしかないが、玄庵はあえて尋ねたのだった。

浅右衛門が目を伏せて言った。

「こうして恥を忍んでやってきたんだ。傷口を消毒し、きっちりと縫い合わせてくれ。両足で立てさえすれば、なんとか罪人たちの首は刎ねられる」

「どんな患者も見捨てない。それが逆井家の決まり事だ」

「治療費はいくらでも払う」

「それも薬代こみで三十文と決まっている」

「馬鹿なことを……」

たじろいだように上目づかいで玄庵を見た。

強欲な奥医師だけでなく、良心的な町医らも一回の往診で二朱は稼ぐ。わずか三十文では、夜泣き蕎麦を一杯食えばビタ銭しか残らない。

海鼠塀の華麗な山田邸にくらべ、破れ塀でかこまれた逆井家はあまりにもみすぼらしい。割れた屋根瓦を直す銭もなく、馬を買い換える資金もなかった。厩舎の十五歳馬はすっかり老いて、玄庵を背に乗せただけですぐにへばってしまう。父泰順が遠くへ往診に出かける際も、老馬はのんびりと道草ばかり食っていた。

昔から売薬の値は九層倍と決まっている。効能の疑わしい薬を元値の十倍で売ってもだれも文句は言わない。それどころか、山田家秘伝の人胆丸は百両以上もする。しかも原料となる人の胆臓は無料で入手できるのだ。

薬代こみの治療費三十文の値は、若い山田家当主の胸をしたたかに打ったらしい。ぞんざいな口調があらたまった。

「玄庵先生。さぞかし私のことをあなどっておられるでしょうね」

「呼び捨てから今度は先生か。少しも軽蔑なんかしてねぇさ。山田家に養子に入ったおめぇの立場は承知しているつもりだ」

「これだけは言わせてください。浪人山田浅右衛門は独立独歩です。目付の黒川さまに命ぜられて、若い夜鷹をさらったわけではありません」

「見苦しいぜ、まだシラを切るつもりか」

「私の本業はあくまで刀剣の鑑定です。殺された黒川宗二郎の遺恨を晴らすことに手を貸す気はない。また黒川さまから、そのような依頼もなかった。大名家よりお預かりしていた備前長船を取り返そうとしているだけです」

「どういうことだ。痛みを忘れるため診療中に話してみな」

そう言って、浅右衛門の袴の裾をまくってみた。足首の包帯をほどくと患部は赤黒く腫れていた。出血もある。やはり早急に傷口を縫って血止めをしなければならない。

玄庵が放った脛斬りは予想以上の痛打であったらしい。

再診してみたら、全治三ヶ月の重傷だった。

最悪の場合、このまま放置すれば傷口から毒が心臓へまわって悶死することになる。今でも激痛にさいなまれているはずだ。若い浅右衛門が面目を捨て、小石川まで診療へ来たのも無理はなかった。

眉根を寄せ、浅右衛門がこれまでの経緯を淡々とのべた。

「わが道場の塾頭をつとめる黒川清十郎は弟思いの好漢です。勘当された宗二郎にできる仕事を私に求めてきた。腕の立つ弟なら試刀もできると。兄弟愛にほだされ、大切な備前長船を宗二郎にあずけたのが失敗でした。不忍池のほとりで夜鷹に襲われるとはあまりにも不覚すぎる。命だけでなく、名刀の備前長船まで失う有様にて。もしわが手元に戻らないときは切腹だけではすまされない」

「なるほど。それで三ノ輪の千吉を使い、宗二郎の身辺を探って夜鷹のしのの存在を突きとめたのだな」

「宗二郎が行きつけの水茶屋の仲居の証言では、殺害の夜に現場近くで艶っぽい夜鷹がうろついていたと」

「ほかには……」

「玄庵先生。何か心当たりでもあるのですか」

「ないさ」

受け流したが、じっとりと脇汗が白衣に滲みだす。

とかく医師の慈姑頭は悪目立ちする。志乃と一緒の場面を、水茶屋の仲居に目撃されなかったのは不幸中の幸いだった。

「あの界隈を稼ぎ場とする夜鷹が怪しいとにらみ、千吉に命じて夜鷹の志乃を自邸へと連れこんだ。ぶっ叩いて名刀の在処を白状させようとした矢先、玄庵先生が助っ人を引き連れて押し入ってきたのです。まさか南町奉行所の検死官が、夜鷹の情夫とは知りませんでした」

「つまり独断で事を行ったと」

「そうです。たとえ幕府高官であっても、黒川清十郎は門弟の一人。師たる者が弟子の下命を受けるわけがない」

「わかった。信じよう。すぐに人の言葉を真にうけるのが俺の悪癖だけどな」

「いや、だれにもない美点ですよ」

「ならば、こちらからの提案だ。おめぇが捜してる名刀の探索に手を貸そう。かならず見つけ出す。そのかわり二度としのに危害をあたえるなよ」

「いいでしょう。たがいの刀傷にかけて約定は守ります」

「では、麻酔なしで傷口を縫うぜ。けっこう痛むが、麻酔を使ったときより治りが早い。おめぇに首を斬られた連中にくらべりゃ、ずっと快適だろう」

縫合用の針は丈夫で太い畳針を使用している。とくに刀傷は肉がぱっくりと大きく裂けてしまう。きっちりと傷口を縫い合わせるには畳針が一番だった。

一昨日の夜に斎藤宅で左肩の裂傷を自分で縫合したが、小便がもれるほど痛かった。だが浅右衛門は、わざと荒っぽく右足首の傷を縫いつけてもぐっと耐えつづけた。苦痛の声をもらさず、血がにじむほど唇をきつく噛みしめていた。

同じ江戸っ子として、意地っ張りなところが好ましい。刃を交えたことによって、剣の技倆だけでなく相手の性格も認めやすくなったのかもしれなかった。下半身の血流を止めないように、包帯を足首にゆるめに巻いてやった。

「よし、終了だ。あとで塗り薬を渡すから、日に一回は患部に塗って包帯を取り替えろ。治療代は三十文なので高価な痛み止めは出さないぜ。我慢しな」

「それにしても治療費が安すぎる」

「人胆丸が高すぎるのさ」

「それを言われると言葉もありませんが」

「金銭感覚は人それぞれだ。気に病むこたァない」

「玄庵先生、今日は色々と教えられました。蓄財やお役目、そんなものよりずっと大事なのはおのれの生き方だってことを。卑しい夜鷹を命がけで救い、安い治療費で病人たちに最新の医療をほどこす」

「おっと、買いかぶるな。俺は江戸の巷をほっつきまわる狂おしい一匹の恋猫さ。たえず争って傷つき、うちの飯炊き婆に叱られてばかりいる。ほら、噂をすれば……」

襖から加代が顔をのぞかせ、細い目を横一文字にした。

「ほうれ、飯ができたど。山田さまも食っていきなっせ。二人で膳をかこむより、三人のほうがずっとうまいべ」

「聞いたろ、浅右衛門。わが逆井家においては加代の言葉は絶対だ。とにかく箸だけでもつけていけ」

玄庵は笑顔で無理強いした。

なぜか加代は首斬り浅右衛門を気に入っている風だった。仁徳に徹した飯炊き女は世間の風評には惑わされない。酷薄な首斬り役が心の奥に秘めている純粋さをちゃんと見抜いていた。

「げぇもねぇ、何を遠慮してるだ。さ、こっちへ」

しぶる浅右衛門の手をとり、加代は廊下奥の台所へ引き連れていった。膳の上には若竹煮の小鉢と、セリと豆腐のみそ汁が二人分置かれてあった。そして真ん中の大皿では、干し肉と白菜の炊き合わせが旨そうな湯気を立てている。

「てんこ盛りだす。腹いっぺー食ってけろ」

「胃袋がからっぽだ。がっつりいただくぜ。なにせ丸二日なにも食わずに眠り呆けていたからな。浅右衛門、遠慮なく直箸で大皿を突っつきな」

「では、加代どの。頂戴いたします」

母性にあふれた飯炊き女の前では、だれもが素直な態度になる。どこか虚無的な浅右衛門ですら、横ずわりのみっともない格好で食事を共にした。

玄庵は舌鼓を打った。

「加代、やみつきになる新作料理だな。めっぽう飯が進む。とくに干し肉が、味に独特のくせがあってべらぼうにうまい」

「それはえかった。山田さまの手土産を使ったど。淡泊な白菜と干し肉は相性が良くて、しっかりと味がなじむでな」

「まさか、その手土産とは……」

嫌な予感がして横合いを見ると、炊き合わせを食ったばかりの浅右衛門が死人のように青ざめていた。

「ええ。持参した人胆丸に相違ありません」

「げっ、百両の朝飯か」

「希少な品ゆえ二百両の朝飯と存ずる」

「見事にはかられたな。俺たちの負けだ」

人胆丸の価値を知った上で、惜しげもなく白菜と炊き合わせたにちがいない。死者の臓腑を金に換えてきた浅右衛門には、なによりも手厳しい教訓となっただろう。

玄庵と目が合うと、いたずらを見つかった女童のように、加代婆が可愛い仕草でひょいと首をすくめてみせた。

二

薄紅色の花吹雪が安藤坂に舞っている。すっかり艶めいた小石川の春を、玄庵は少し持て余していた。

浅右衛門が駕籠で帰ったあと、少し時間をおいて玄庵も自宅を出た。いつもどおり肩には薬箱を結わえつけた三尺棒をしっかりとかついでいる。

大事な薬箱は患者の命を救うため、そして三尺棒は人の命を絶つ仕込み杖であった。

だが、今の玄庵の想いはまったく別にある。

小石川の恋猫は、一刻も早く志乃の顔が見たかった。年上女の柔肌におぼれ、浮き世の憂さを忘れてどっぷり痴態に耽りたい。

幸い、検死官は非番の日が多い。
四、五日休んでも誰からも叱責されない。常勤の同心たちとちがって、緊急時にだけ現場に呼びだされる。たいがいは死体の臭いが苦手な平助がらみだった。愚直な貧乏同心は、玄庵の検死結果をもとにして犯人像をしぼりこんでいくのが常だった。
（……しかし、たとえ難事件を解決しても）

まったく報奨金にはありつけない。

定廻り同心の平助は、上司の与力にほめられたことさえなかった。どれほどすばらしい手腕を発揮しても、同心から与力へ出世することはできないのだ。

過激な勤王派が幕政を乱し、それに刺激された悪党どもがのさばって犯罪が多発している。与力と同心を合わせ、わずか三百人態勢で大江戸の治安を守ってきた。一つの事件にじっくり取り組むことなどできない。捜査どころか、山積した未解決の用件を記載するだけで精一杯だった。

桜の花弁で敷きつめられた安藤坂を下りながら、玄庵は浅右衛門の証言をもういちど反芻《はんすう》してみた。『たとえ幕府高官であっても、弟子筋の清十郎から下命は受けない。自分が女をさらったのは、あくまで大名家からあずかった名刀を取り返すためだ』と。

ちゃんと理屈は通っている。天下の刀剣鑑定家が、試刀すべき備前長船を紛失したら申しひらきもできまい。必死になって刀の在処を捜すはずだ。浅右衛門の言葉に濁りはなかった。加代婆が言うように、若い首斬り役には『ひとかけらの純な心』が残っている。玄庵が名刀を捜し出すかわりに、志乃の安全を保障するという約定はきっと守りきるだろう。

(だが、それも例によって……)

子供じみた甘い判断なのかもしれない。

次に対決した時は首を刎ねとばすという浅右衛門の宣告は、まだ取り消されてはいないのだ。

加代婆の計らいで、同じ釜の飯を食った近しい仲とはいえ油断は出来ない。養子の浅右衛門には、山田家当主として非情な任務を果たす責任がある。

健脚の玄庵は本郷台地を越え、根津裏門坂を抜けて愛染川ぞいに土手道を進んだ。流れにそってまっすぐ行けば不忍池へ着く。そこから上野広小路に出て浅草の芸人横町へ向かうつもりだった。

背後に人の気配を感じてふり返った。案の定、川辺に建つ洗い張り屋の軒陰から垂れ目の男がこちらを覗《うかが》っていた。

「平助。俺の後を尾《つ》けるなんて水くせぇぞ」

「誤解しないでください。これでも玄庵さんの身辺警護をしてたんですから。小石川の逆井家近くで首斬り浅右衛門の姿を見かけたので、これは何か起こるのではと思って」

すたすたと歩み寄った同輩が、恩着せがましく弁明した。

玄庵は早足で歩き出した。

「心配無用、すでに起こったあとだ。一昨日の夜に山田家へ乗りこんで、浅右衛門と果たし合いをした」

「なんですって！」

「俺は左肩を斬り裂かれて自分で縫いつけた。やつは右足首を裂傷。相討ちの痛み分けさ。それで本日、傷口を縫合するため医院にやって来たってわけだ」

「まったくあなたって人は……」

「大馬鹿野郎とでも言いてぇのだろ」

「まず、なぜ山田邸へ乗りこんだのかがわかりません」

「いや、それが俺にもよくわからねぇんだ。知ってのとおり、一昨日は篤姫さまに花見の酒宴に招かれてしこたま呑んだ。記憶が飛んじまって何も思い出せない」

酒のせいにしてはぐらかした。だが垂れ目の平助が、十手をもてあそびながらしぶとく食い下がってきた。

「ですが、傷を負った浅右衛門が加害者宅へのこのこ治療に来るってのは、どう考えても筋が通らない」

「患者が医者の所へやって来る。何の不思議もないだろ」

「じつは昨日、小塚原の刑場前で三ノ輪の千吉という男が死体で発見されました。何者かに後頭部を粉砕されて即死の状態でした。脇腹を斬られた宗二郎殺しとはまったく太刀筋がちがうので、同一犯とは思えませんが……」

「奥歯に物がはさまったような言い方だな」

「人胆丸を売りさばいてた千吉は前科持ちの小悪党です。いつだれに殺されてもおかしくはない。奉行所も書類だけ作って捨て置いてます。だが、やつは山田浅右衛門の縁者なんですよ。それで山田を尾行していたら、なんと玄庵さんの診療所へ」

「どうってこたァない。みんなだれかの知り合いさ」

わざと鷹揚な態度で突っぱねた。

無外流抜刀術の奥義は二の太刀まで。

それが幸いしたらしい。黒川宗二郎は一の太刀の生き胴斬りでしとめ、千吉には二の太刀をふるって後頭部を斬撃した。まぎれもなく両人を殺めたのは玄庵だったが、見ようによっては加害者は二人いるとも映る。

理屈をこねれば、頭脳明晰な定廻り同心にかなわない。矛盾点をつかれ、夜鷹の志乃のことにまで話がおよぶだろう。

詰問を避けるには、逆に相手を問いただすほかはない。愛染川から不忍池へ至った玄庵は、あえて弁天堂の参道を進んでいった。そして《黒川宗二郎殺し》の現場へと歩を進めた。

「平助、こっちも聞きたいことがある。ここで起こった侍殺しを取り調べたのはおめえだよな。死体の身元を探り当て、殺しの手口もしっかり推察したが、おえらがたの政治的判断とやらで事故死とされた」

「ええ。残念ながら一件落着です」

「死んだ宗二郎の懐の財布には小判が三枚も入っていたとか。それで物盗りではなく怨恨だとにらんでいたようだが」

「今でもそう思ってます。目付の黒川大膳さまが介入しなければ、きっと下手人にまでたどりつけたのに」

「それはおかしいぜ。あの時は通りかかった俺がここで検死した。死因は溺死ではなく、池端で襲われて絶命したあと水中に蹴落とされたと言ったはずだ」

「たしかにそう聞きましたが……」

平助が怪訝《けげん》な面持《おもも》ちになった。同僚の深意が読みとれず戸惑っていた。

玄庵は池端にしゃがみこんで言った。

「よっく考えてみろ。金は盗まれなかったが、武士の魂たる大刀がどこかへ消えちまってる。平助、おめぇが現場検証した時にゃ宗二郎のそばに刀はなかったのかい」

「そんな刀はどこにも転がってませんでした。どうやらおれの読みは外れたようですね。財布が無事だったので物盗りではなく怨恨説にかたむいたが、もしかすると刀剣泥棒のしわざだったのかも」

「思いこみで初動捜査をまちがうと、とんでもない方向へ向かってしまう。平助、気をつけな」

「すみません。いつも訳知り顔で」

「すでに宗二郎殺しの捜査は打ち切られてる。今の俺たちに課せられた任務は、篤姫さまから依頼された奥女中殺しの探索だ」

「おれも一緒なのか。なにせ大奥を仕切る女将軍さまですからね」

「いざとなれば、徳川家定公ゆかりの懐剣も手元にある。目付の大膳なんぞ、上様の排便にたかる小蠅みてぇなもんさ。いざとなったら伝家の宝刀をかざしてひれ伏させてやるぜ」

「はっはは。大きくでましたね、玄庵さん」

垂れ目の平助が、さらに目尻を下げて高笑いした。

その後二人はくだけた世間話に転じ、上野広小路で二手に別れた。平助は数寄屋橋の南町奉行所へ向かった。一方の玄庵は奥女中殺しの聞きこみと称して黒門近くに居残った。

恋情が抑えきれず、当初は志乃に会いに行くつもりでいた。だが同僚の平助に尾行され、密会は自分の首を絞める行為だと気づかされた。

剣死帖に黒川宗二郎の名を記して以来、玄庵の身辺には怪しい影がつきまとっている。奥女中の田津、三ノ輪の千吉、かれらが生を断ち切られたのもけっして無縁ではない。

死が死を呼び寄せたような気がする。

このまま志乃の居宅を訪ねるのは危険だった。《名刀奪還》の見返りとして、浅右衛門が彼女の安全を保障したとしても、他の敵対者が玄庵の弱点を突いてくるだろう。

（……惚れた弱みか）

広小路で凧揚げに興じている父子の姿を眺めながら、玄庵は深く嘆息した。

さまざまな物売りたちが日除けの大きな傘を立て、往来を行き交う客たちにしきりに声をかけている。天麩羅の屋台に小鳥売り、植木屋に古道具屋、器用な飴細工に声高な大道芸人、仲町の繁華な大通りは江戸庶民の熱気に満ちあふれていた。町火消しの若い衆たちが昼間から酔っぱらって高歌放吟し、黄八丈を着た町娘らがそれを見て小袖で口元を隠して笑声をもらしている。

いつもと変わらぬ江戸の春景色であった。

江戸随一の巨刹である寛永寺から下町の浅草寺まで、切れ目なしに寺院が連なっている。大通りには無数の出店がならび、町人たちの情報交換場にもなっていた。

不忍池の侍殺しや、寛永寺黒門内での逆さづり事件のことなど、早くも忘れ去った風だった。大江戸を支えているのは、まぎれもなく百万の町人たちだった。人災や天災をはねかえし、生を享受するかれらのしぶとさ、たくましさに圧倒される思いだった。

下級御家人とはいえ、徳川家の禄をはむ身の上である。庶民の生活とは遠くかけはなれた所で、こうして右往左往している自分が情けなかった。

流行らない小鳥売りに近づき、気まぐれに声をかけた。

「おやじ、小鳥を買い上げるぜ」

「へい、おありがとうございます。カゴ付きで五十文でやす。鳴き声自慢のウグイスなので、飼ってみりゃけっこう可愛いもんで」

「いや、カゴはいらねぇよ。とらわれた小鳥たちを全部放してやってくれ」

「情け深いことで。小さな生き物に功徳をほどこすとは」

乱費癖のある玄庵は、さっさとウグイスの自由の代価を支払った。カゴの鳥たちは次々と大空へ放たれ、羽根をひろげて深い上野の森へと飛びたった。

ささやかな善行で憂いが晴れるわけではない。

余計に気鬱に見舞われることのほうが多い。頬かぶりの手ぬぐいを取った小鳥売りが、にやりと笑って小声で言った。

「大鷹を斬ろうとしたり、小鳥を逃がしてやったり、あなたのやる事はつじつまの合わないことばかりですね。あけっぴろげな言動は災いを招きますよ、玄庵さま」

「なぜ、俺の名を」

「早くもお見忘れですか。一昨日の朝、そこの黒門前であなたを手討ちにしようとした男の顔を」

「ちっ、篤姫さまの護衛か」

「尊い天璋院さまの赤駕籠の前で抜刀するとは無謀の極み。つくづく思いますよ。あの時斬っておけばよかったと。おかげで天璋院さまにあなたとのつなぎ役を仰せつかり、こうして小鳥売りに扮して黒門前に立つことに」

幕政のなかで伊賀者の任務は多岐に渡っている。奉行所勤めの者も多数いるし、幕閣付の秘密任務を果たす手だれもいた。分散する役目において、最も家禄が高いのが大奥の御台所や側室などを警護する広敷番であった。とくに裏幕府を仕切る天璋院に仕える広敷番は精鋭ぞろいで、武芸百般に通じた者たちばかりだった。

味方につければ、これほど役に立つ連中はいない。目の前にいる三白眼の伊賀者も、その軽快な身ごなしからして、つなぎ役にはうってつけの人物だと思われる。

例によって、玄庵は気安い口調で言った。

「物売り姿がけっこう似合ってるじゃねえか。名を聞いておこう」

「広敷番の鈴木徳兵衛」

「馬糞みてぇにどこにでも転がってる名だな。どうせ偽名だろうが、まァいいや。で、徳兵衛。今日の用件は」

「黒鍬者があなたの命を狙っています」

「そんなことは百も承知さ」

「もし、玄庵どのが殺されたら拙者の責任となりますので。昼中はともかく、夜道はくれぐれもご用心を」

「何を言ってやがる。篤姫さまから依頼された《奥女中殺しへの鉄槌》を果たすため、昼夜の区別なく走りまわるつもりだ」

「なれば、ご存分にあなたさまの任務を遂行されるがよい。微力ながら拙者も助力いたします」

「では、いま持っている情報は」

玄庵が探りを入れると、的確な答えがもどってきた。

「殺された奥女中の田津は滅私奉公が信条でした。天璋院さまにも尽くしぬき、それゆえ亡くなったあとも悲しみが消えず、下手人への怒りがつのっておいでなのです。器量は並でしたが、一途な性格で最近は妙に化粧が濃くなっていた。今回の事件も陰に男の存在があるようですが、まだ特定はできていません」

「なるほど、猟奇的な逆さづり事件は痴情のもつれか」

「一つだけご忠告を。その五日前に起こった不忍池の侍殺しと無関係ではない。手口はちがうが、底流でつながっている気がします。それと先ほど連れ立って歩いていた定廻り同心のことです。国光平助は目付の黒川大膳に買収され、どうやらあなたの身辺を探っているようです。知ってのとおり、朝廷との融和をはかる天璋院さまにとって、佐幕一辺倒の大膳は政敵ゆえ色々とまずいことが」

「そうかい。だがな、これだけは言っておくぜ。謀略をたくらむ伊賀者より、俺は付き合いの長い実直な貧乏同心のほうを信じるぜ。あばよ」

足元の小石を蹴とばしてから、玄庵はさっと背を向けた。

三

往来を行く玄庵の顔からは笑みが消えている。

徳兵衛の指摘にも一理あった。平助が一度でも大膳から御礼金を受け取れば、贈収賄の関係が成り立ってしまう。

金の魔力は底なし沼だ。

いったんはまれば、どんな聖人君子も抜け出せない。

水に飢えた動植物と同様に日ごと求めつづけることになる。薄給の同心なら、なおさらのことであろう。

先ほど、いつものように談笑して別れたが、定廻り同心の平助はあきらかに玄庵の言動に疑いの目を向けていた。

（もしかすると、藪蛇かも知れぬ）

余計な詮索をしたため、新たな疑念が胸奥にわいてきた。玄庵の視線の先には実直な垂れ目の男がぼんやりと映っていた。

黒川大膳は家名を守るため、宗二郎殺しの捜査を中断させる見返りとして、担当官の平助に三十両の御礼金を渡した。その折に平助に相談を持ちかけられた玄庵は深く考えず、黙って受け取れと放言してしまった。

今となっては、それが悔やまれてならない。

その三十両には別の意味合いも含まれていたように思える。山田家に運ばれたのは宗二郎の遺体だけだったらしい。帯刀していた備前長船は消え失せていた。

（池端で宗二郎にとどめを刺した志乃は……）

この名刀紛失の一件とは無関係である。

積年の恨みを晴らすことが彼女の生涯の悲願だった。備前長船の価値など夜鷹が知るわけもなかった。宗二郎の刀をそのまま現場に遺棄し、死体を池へ蹴落としたのは玄庵自身であった。

訪ねてきた浅右衛門に言われるまで、名刀紛失の件は気にかけたこともなかった。

今も浅右衛門は血まなこになって備前長船の行方を追っている。もし黒川宗二郎の辻斬りが明らかになれば、浅右衛門や黒川大膳だけでなく、人体による試し斬りを依頼した大名にも罪科がおよぶだろう。現状は宗二郎を殺した犯人捜しより、消えた名刀を取り戻すことのほうが重大事であった。

同輩の平助の捜査方法は一貫している。

『事件に関わるすべての人物は容疑者』だと。

その伝でいけば、現場検証を行った国光平助こそ最も怪しい人物となる。捜査官が死体の懐から金品を盗み取るという事例は多く見うけられる。年二十俵扶持の貧乏同心が、被害者の帯刀をかすめ取ったとしても不思議ではない。

だが、池端で宗二郎の死体を検分したとき、垂れ目の平助もそばでずっと立ち会っていた。すっかり検死官の玄庵に頼りきり、不審な様子はどこにもなかった。またかさばる大刀を羽織の中へ隠すこともできまい。となれば、死体が発見された時点で備前長船は他のだれかに持ち去られていたことになる。

訪ねてきた浅右衛門の話によれば、かれらが志乃に目をつけたのは、《宗二郎が通いつめていた水茶屋の仲居》の証言によるものだった。若い夜鷹を現場近くで目撃したのも、また池に沈んだ宗二郎の死体を発見したのも彼女なのだ。

（……優秀な平助の捜査法をなぞれば）

水茶屋の仲居もまた有力容疑者となる。

それに奉行所勤めの玄庵の経験からしても、事件が起こった場合、たいがい第一発見者が下手人なのだ。さまざまな思案をめぐらすうち、玄庵の足はふたたび弁天堂の参道へ向けられた。

上野山北麓に広がる不忍池は、京の比叡山麓に接する巨大な琵琶湖に見立てられ、池内の弁天堂は湖内に浮かぶ竹生島《ちくぶじま》を模したものであった。

弁天堂へ至る参道の両脇には十数軒の水茶屋が軒を連ねている。

池端の侍殺しがあってから、まだ十日も経っていない。公許の遊興地もさすがに人通りがまばらだった。脇の蓮池に目をやると、北へ帰りそびれた鴨たちがほそい棒杭で羽を丸めていた。

宗二郎が通いつめたという水茶屋は、弁天堂が見渡せる参道奥の好位置にあった。玄庵は一見の客として、《巴屋》と染め抜かれた暖簾をサッと片手でさばいた。

たすきがけの店の女将が、ほつれ髪で玄関口に出てきた。見たところ太った四十路の大年増だが、玄庵にとっては充分に守備範囲内であった。

元服後の十代半ばで廓通いを始めた。最初の相手は五十過ぎのしわばった娼妓だった。一瞬床から逃げだそうともがいたが、老娼のあざやかな性技に骨ぬきにされ、立派に一人前の男となった。

夜鷹の志乃も、やはり玄庵より二歳年上だった。艶っぽい容姿や声質は好みだが、少し年齢が近すぎるのが難点だった。

歳の離れた女将が、低い地声で言った。

「ごめんなさいな、こんな姿で。ちょうど掃除をしてたもんだから」

「こっちこそすまねぇ。無粋な一人客だ。一刻ほど座敷を借りて、季節はずれの鴨でもながめながら一杯やりてぇんだが」

「どうぞ、お上がりくださいな。奥座敷もきれいに片づいたし、それにお医者さまを玄関払いしちゃ早死にするかもしれない。よかったらあたしがお酌しますよ」

「女将、いい心がけだ」

「お駒と呼んでくださいな。巴屋のお駒」

「俺は玄庵だ。長崎帰りの逆井玄庵」

ぴったりと息が合った。

男女の仲は一目で決まる。汗ばんだ大年増の首筋がなまめかしい。好色は男子の本懐である。何もやましいことはない。女将の色目にのって、聞きこみもうまく運ぶなら好都合だ。

本来の使命を忘れたわけではなかった。奉行所付の検死官としての身分は明かさず、町医者として押し通すつもりだった。

奥座敷に上がった玄庵は薬箱を置き、窓ぎわの席に陣どった。

「いいながめだな。風呂と酒はぬるめだとすっきりしねぇ。とびっきりの熱燗を二合徳利で持ってきてくんな」

「江戸っ子の鏡だね」

「酒の肴はそっちにまかせる」

「なら、たんと精がつくものを。少し待ってて」

うちとけた声調で言って、お駒はそそくさと部屋から出ていった。

渡り鳥の鴨たちは昼間は群れて休んでいる場合が多い。だが、そのうちの二、三羽はかならず首を立てて見張り役をこなしている。

天敵は人間であった。

鴨肉はとても美味なので狩猟家たちに狙われやすい。しかし、徳川家ゆかりの遊興地で水鳥を捕獲することは畏れ多い。禁猟区となった不忍池の鴨たちは、遊山客に餌までもらって脂肪をたっぷりと身につけていた。

見るからに旨そうだった。

とくに青首のマガモの肉は絶品である。炭火でじっくり焼けば香ばしく、セリと一緒に鍋にすれば最高の肴になる。

餌付けされた鴨群のなかには、怠惰な暮らしにすっかり慣れて、ずっと不忍池に居着いてしまった通し鴨もいる。かれらはのんびりと棒杭にとまり、春の惰眠をむさぼっていた。

ほどなくお駒が一人で箱膳を運んできた。江戸小紋の袷に着替え、すっかり女ぶりも上がっている。店の仲居をまじえず、二人きりで酒席を楽しむつもりらしい。

膳も豪華だった。大皿にはスズキの刺身と好物の鰻の白焼きがのっていて、ちゃんと二合徳利もそえられている。

「なんだかそわそわしちゃって、鰻の皮を少し焼きすぎたかもしれない。熱いうちにワサビ醤油でおあがんなさいな」

「その前に、まずは一献」

「ほほっ、盃は一つ。たがいの気持ちも一つ」

玄庵の横にすわりこんだお駒は、手慣れた所作でお酌をした。

熱めの酒をグビリと喉奥へながしこむ。年増女の情けがヒリリと心胆にしみて、たまらなく旨い。

気をきかせ、盃をお駒に渡して酒をついでやった。

「お駒さん、返杯といこう」

「いやだわ。年がいもなく呑む前から顔が赤くなってきた」

「色恋に年の差はないぜ」

「たぶん、あなたの母親ぐらいの年齢なのよ。それでもいいのかい」

「だからいいのさ。ぐっとやんな」

母の愛を知らずに育ったので、玄庵の性癖は少し偏っている。

厳格な父のもとで教育されたが、じっさいに身のまわりの世話をしてくれたのは下総の勝ち気な飯炊き女だった。炊事洗濯だけでなく、しつけも百姓身分の加代がうけもった。そのため玄庵の言葉づかいや作法は荒っぽい。

若い女は苦手だった。

父が仕事で忙しく、加代と二人きりで暮らす事が多かったせいかもしれない。幼児のころは加代婆に添い寝してもらい、大きな乳房をしっかり握りしめて寝入った。無学だが、彼女の話には独特の諧謔と思いやりがあった。物の本質を見抜く特質をそなえていた。

一本気な正義感は、すべて加代婆から教わったものだ。

婆さんの知恵袋は無限であった。難局に立ったとき、彼女の言うとおりにすればたいがいうまく運ぶ。そのため依存心がめばえ、いつしか年上の女への甘えが強まったようだ。

おかげで、年下の女との接し方がまるでわからなかった。

こうして不忍池の水茶屋で、大年増の女将と酒盃をかわしているときだけ気分が安まって自在にふるまえる。脂がのった大ぶりな鰻を一口食って、玄庵は大げさに喜んでみせた。

「たまんねぇな、この味。飯にゃ蒲焼きだが、酒だと白焼きにかぎる。皮の部分がパリパリしててめっぽう旨いや」

「うれしいことを言っておくれだね。板場の亭主に死に別れ、習いおぼえた包丁で鰻もスズキもあたしがさばいたンだよ」

「腕も素材も上等だ。冷水でしめたスズキの刺身も、熱燗の日本酒にぴったりと合ってる。でもな、少し心配になってきた。懐の中にゃ二朱とビタ銭しか入ってない」

「二朱でおつりがくるよ。人助けのお医者さまは特別料金だから。なんならこっちからお金を払ってもいいのよ」

年増女の手が、若い玄庵の膝にそっとおかれた。

とかく小馬鹿にされがちな慈姑頭だが、なかには医者好きな奇特な女性もいる。据え膳はきっちりといただく。それが江戸っ子の玄庵の生き方だった。

「外の景色もすばらしいが、戸をしめよう」

「かまわない。鴨に見られたって」

色恋では、やはりお駒のほうが一枚上手だった。

それに、ここは彼女の領域なのだ。だれにとがめられることもない。巴屋の女将は、サッと袷の着物を片肌脱ぎになって豊満な左乳房をさらした。

大胆さに圧倒され、玄庵はへどもどまごついた。

「ちょっと待ってくんな。いくらなんでも早すぎる」

「待てないのよ、こっちは。命の瀬戸際だし」

「それって……」

「じっくりとさわってみて。ここに大きな痼《しこり》があるの」

「乳房の触診か。てっきり一目惚れされたと思ってた」

「腕の立つ蘭方医だってね。玄庵先生、あんたのことは病気持ちの中年女の間で噂になってるの。最新治療が受けられるって」

「ひでぇな。その気にさせておいて、酒席で診断とは」

どうやら年増の深情けではなかったようだ。玄庵は苦笑し、窓外に目をやって手酌の酒をゆっくりと呑みほした。

女たちの噂話は一夜で千里を走る。

巴屋のお駒も、どこかで蘭医玄庵のことを耳にしたことがあったらしい。江戸において、西洋医学をまなんだ蘭医の評価は上がりはじめているようだ。数年前に江戸でコレラが蔓延《まんえん》した際、衛生という観念がない漢方医たちは傍観するばかりだった。そのため数万人の病死者がでた。高禄で召し抱えられている奥医師たちも打つ手がなかった。

その折、伊達藩の侍医をつとめる蘭方医の石川良信がのりだし、妙策を幕府に進言した。『コレラの特効薬がないならば、まずは伝染を防ぐべし』と。

幕閣らはこれを聞き入れ、公共の下水や厠の清掃、個人の手洗いや歯磨きを周知徹底させた。衛生という概念がやっと庶民に行き渡った。効果はすぐに出て、コレラ患者は激減していった。同時に漢方医の無能ぶりも知れ渡り、功績のあった石川良信は蘭方医として初めて奥医師の列に連なった。

賢明な篤姫の奨めもあり、将軍家定は蘭方医を重用した。職場を荒らされた世襲の奥医師たちは憤り、さまざまな嫌がらせをやりだした。登城した良信を控えの間にすわらせ、『新参者が上様の肌にふれるとはおこがましい。従来の慣例にしたがって糸脈をとれ』と強要し、隣の上段の間からつながっている糸を渡そうとした。将軍家定の右手首には細い糸が巻かれていた。これまで奥医師らは、そのかすかな振動で脈の具合を判断してきたのだ。

だが、良信は断固として拒否した。

『糸脈で健康状態がわかるはずもない。畏れ多くもじかに触診し、治療をほどこしてこそ本当の忠義であろう。それを妨害するのなら拙者にも覚悟がある』

漢方医たちは返す言葉もなかったという。

こうした逸話は城外へも流出し、新奇を好む江戸庶民の耳にも届いたらしい。最近では裕福な商家からも声がかかり、玄庵も父には内緒で往診にでかけていた。

（たしかに医は仁術だが……）

わずか三十文の治療代では廓通いもできない。

玄庵の遊興費の出どころは、富商たちからせしめた往診料だった。

とくに初期の乳癌の手術は、蘭方医の腕の見せ場である。また金にもなった。人体をメスで傷つけることを嫌う漢方医は、まったくの局外者であった。

癌は死の病なのだ。

そして全身に転移する。それを防ぐには、患部を切って瘤を除去する以外助かる道はなかった。胃癌や肝臓癌は大酒飲みの中年男たちが発症する場合が多い。最新の西洋医学をもってしても、これを手術で救うことはできない。ただし女性の乳癌なら患部が動脈を外れているので、意外に安易に瘤を除去できる。そして、その後の生存率も高かった。

（女の生命力は、男を遥かに凌ぐ！）

それは医師としての実感だった。傷ついて出血すれば、大の男たちはすぐに絶命してしまう。けれども出産や月経で出血になれた女たちは、体内の血液の半分を失ってもしぶとく生き続ける。

これまで玄庵は三十人ほどの乳癌患者にメスを入れ、今でもほとんどの女たちが生き長らえて普段どおりの生活をしていた。九割を超す生存率は、蘭医玄庵の誇りとするところだった。

蕩児の玄庵は、スッと気持ちを切りかえた。目の前に癌患者がいれば、医者として診ないわけにはいかない。

「お駒さん。そのまま横になって楽な姿勢で」

「やっとその気になってくれたわね」

「今日は診察だけだ」

「よかった。不況のさなかにひょっこり客が店にやって来て、その客がまたとびっきりの好男子で、よく見りゃ慈姑頭で、さらに慈姑頭の蘭方医に診断してもらえるなんて」

「客商売とはいえ、よく口がまわるな。両の乳房の張りも立派なもんだ。とても病気とは思えねぇよ」

薬箱からアルコール液の入った壜をとりだし、しっかりと両手を消毒した。それから座敷に横たわるお駒の脈をとった。

「じらすわね、玄庵先生」

「そんなんじゃねぇよ。いや、色恋ざたも病気みてぇなものだが」

「左胸に鈍痛があるの。血が薄くなった感じでめまいもするし」

「よし、脈は正常だ。体力も充分にある。乳房の触診は強めなので、痛い時はがまんせずに痛いと伝えてくれ」

「……わかってる」

妙にかぼそい声で言って、お駒はうなだれた。

世知に長けた水茶屋の女将も、さすがに死病がらみの診断時は神妙な顔つきだった。

玄庵は励ますように言った。

「惚れぼれするほど良いからだをしてる」

「こんな時にお世辞はいらない」

「だろうな」

両手で丹念に四十女の左乳房を揉みしだいた。医者としての本分にめざめると、たちまち色情が薄れてしまう。指先に神経を行き渡らせて病巣を探った。

やはり本人の自覚症状がある場合には危険度は高まる。左脇に近い部位にクルミ大の痼があった。

玄庵は表情を変えずに告げた。

「安心しな、初期の乳癌だ。手術をすればかならず全快する。俺にまかせとけ、決して死なせはしない」

「きっぱり言ってくれたわね。でも、今日会えてよかった。もう少しで手遅れになるところだったかも」

「体から酒をぬいて三日後に小石川安藤坂にある医院に来てくれ。手術は一刻もかからない。傷跡もなるべく残らないようにする」

「だったら……」

「何だよ、言ってみな」

「こんな歳になって言うことじゃないけどさ、傷のないきれいな体のうちにあんたに抱かれたい」

年増女の切実な声だった。豊かな乳房は彼女の誇りであり、巴屋の女将として生き抜く原動力だったらしい。亭主が亡くなったあとも、男に不自由したことはなかったろう。

だが、今の玄庵はそれに応えることができなかった。医者の矜恃として、たった一つだけ自分で縛った掟がある。なにがあろうと女患者に手をださないと決めていた。

倫理上の問題ではなかった。女患者と深間になってしまっては、情がからんで診断を見誤り手術時のメスさばきが乱れてしまう。

横紙破りの玄庵は、まわりくどい言い方を好まない。

お駒の熱い視線に追いつめられ、水茶屋へ来た本来の要点をずばりと言った。

「はだけた着物の胸元を合わせてくれ。別に隠してたわけじゃないが、俺の正式な役職は南町奉行所付の検死官だ。先日、この近くの池端で侍殺しがあったことはお駒さんも知ってるだろ。その第一発見者がお宅の仲居だった。しかも殺された黒川宗二郎は彼女のなじみ客。いくつか不審な点もあるし、できたらその仲居をここへ呼んでもらえねぇかな」

手早く身繕いしたお駒が、急に険しい表情になった。

高ぶった心に水をさされ、かなり気分を害した風だった。それでも状況だけは正確に伝えてくれた。

「仲居のおまさのことなら、しつこく垂れ目の同心に訊かれたよ。でも、話すことなんか何もない。だっておまさは三日前にぷいっと店を出て行って、それっきり行方知れずなんだもの」

「もしかしたら、だれかに呼び出されたんじゃねぇのかい」

「ええ、立派な身なりのお侍が店に来て、黒川宗二郎の知人とか言ってたよ。顔がそっくりなので、すぐに兄弟だとわかったけど」

「……黒川清十郎か」

運命の風車が、また烈風をうけて回りだした。

将来を約束された幕府の中堅幹部までが、みずから事件の真っ只中へ乱入してきた。黒田家の威信を守るためか、または弟を殺した相手への復讐を果たそうとしているのか、玄庵にはまったく判断がつかない。

黒田家嫡男の清十郎は、身を持ちくずした宗二郎とちがって冷徹な秀才である。弁も剣も立つ。山田流居合い術を学び、塾頭にまでなっている。宗二郎殺しに一枚噛んだ玄庵にとって、いずれは最強の敵となる人物であろう。その峻烈な若手官僚が、水茶屋にあらわれて弟の情婦を誘い出したという。

玄庵は、やっと気づいた。

自分と清十郎だけでなく、垂れ目の平助や首斬り浅右衛門も、めぐりめぐって同じ女を追っていた。

（目立たなかった水茶屋の仲居こそ最重要人物なのだ！）

行方知れずのおまさは、事件の目撃者であり証言者だった。また名刀紛失の容疑者とも映る。さらに深読みすれば、猟奇的な奥女中殺しにも関わっているような気もしてきた。

そして、今や彼女の命は風前の灯火であった。

第五章　伝家の宝刀

一

翌朝。めずらしく早起きした玄庵は、自邸の厩舎から馬をひきだした。黒毛のずんぐり太った雌馬である。十五年前、父の泰順が往診用に買い入れて《春駒》と名づけた。

その時点で、すでに老いていた。

父を乗せてとぼとぼ歩む姿は、どこかしら物悲しかった。まるで足腰の悪い老女が遠くへ買い出しに行くようだった。

とかく年増好みの玄庵だが、鈍足の雌馬との相性は悪い。

（溌剌とした若駒どころか、正真正銘の……）

役立たずの駄馬であった。

それでも逆井家では十五歳馬として大事にあつかわれ、家族の一員として遇されている。馬市で売りにだされる前、どこで何年飼われていたのかさえわからなかった。

実年齢は不明だが、玄庵より長くこの世に生きてきたことは確かだろう。

春駒は、父や加代に対してはとても従順だった。しかし、若輩者の玄庵を背に乗せるのを極端にいやがった。

今朝も春駒の背に鞍を装着し、重い薬箱を乗せると暴れだした。そして、助けを求めるようにヒヒーッンと甲高く嘶《いなな》いた。

声を聞いた加代婆が、さっそく裏庭にかけつけてきた。

「何をしてるだ、玄庵どの」

「見りゃわかるだろ。用事あって荒川岸まで馬で行く」

「げぇもねぇ。ご自分の足で歩けばいいべ」

「いや、急ぎの用だしな」

「朝っぱらから何をねぼけたことを言ってるだ。それだったら春駒に乗ればよけいに遅くなるど」

加代の指摘は確かにあたっている。春駒が全力で走る姿をこれまで一度も見たことなどなかった。たまに外に出れば道草ばかり食って、目的地へたどり着けるかどうかさえ怪しいのだ。

だが気まぐれな玄庵は、今日は意地でも春駒の手綱を握って遠駆けしたかった。サッと身軽く鞍にまたがり、たるんだ駄馬の横っ腹を両かかとで軽く蹴った。

「運動不足は馬にもよくない。進め、春駒」

「それで病人の具合はよっぽど悪いのけ」

「遠く荒川まで往診にでかけるわけじゃない。夕刻にゃ帰ってくる。加代、いつものように旨い晩飯をたののんだぜ」

「それは読みが甘いべ。とても夜までにもどれねぇっす。見てみろや、まだ一歩も踏みだしておらんど」

どんな時でも飯炊き女の言葉は正しい。老いた雌馬は進めの合図を無視し、依怙地になってその場にふんばっていた。

鞍上の玄庵をなめきって、梃子《てこ》でも動かぬ様子だった。加代が首筋をなで、やんわりと若駒にさとした。

「ええか、今日だけは玄庵どのと付きあってくれろ。しっかりと背に乗せて無事に荒川岸まで行って帰ったら、旨い飼葉をたっぷりと用意しとくでな」

慈愛に満ちた飯炊き女の言葉は馬にも通じるらしい。わかったとでもいう風に首を縦にふり、トコトコと表門の方向へ歩みだした。

（しゃれにもならねぇが……）

老婆は老馬の気持ちをくみとれるようだ。そして玄庵がこまった時も、かならず助け船をだしてくれる。

育て親の加代に見送られ、どうにか逆井家の門外へと馬を進めた。小石川は緑ゆたかで、空気も澄み渡っている。

生まれ育ったこの高台の御家人町が、玄庵はなによりも好きだった。春駒の歩調に身をまかせ、花吹雪の安藤坂をゆっくりと下っていった。

今日の用件は、行方不明のおまさがらみだった。

昔から女にさまざまな相談を持ちこまれ、事件に巻きこまれてばかりいる。夜鷹の志乃の仇討ちに加担し、今では抜き差しならぬ深間となってしまった。

また高貴な篤姫さまには腕をかわれ、奥女中殺しの下手人捜しを依頼されて伝家の宝刀を下げ渡された。

つづいて昨日は巴屋のお駒と近しい間柄になり、姿を消したおまさの捜索をたのまれた。ついでに彼女の実家がある荒川岸まで給金をとどける役目までうけおった。

（……いつも道ばたで易者に呼びとめられ、女難の相があるとご託宣されるが）

そんなことは言われなくてもわかっている。

今回もみずから深い泥沼に足を突っこんだのだ。仲居のおまさは生死さえ定かではなかった。黒川宗二郎の縁者や役人たちに証言を求められ、身の危険を感じて姿を消したようだ。まだ生きているとすれば、荒川岸の両親の家に舞い戻っているはずだった。

だが、すでに口封じに殺されてしまった可能性もある。おまさとの最後の面会者は、宗二郎の兄の清十郎であった。風貌の似通った若手高官の行動は不可解である。弟の醜聞をもみ消すためなのか、それとも他に重要な目的があったのか、顔をさらしてまで水茶屋を訪れたのはよほどの覚悟だと推測できる。

平地の中山道にでると、老馬が調子づいて急に走りだした。

花盛りの頃になると、駄馬までが春を満身に感じて力がみなぎるらしい。巣鴨庚申《すがもこうしん》塚《づか》の二軒茶屋の前を駆け抜け、まっしぐらに走っていく。

「おい、春駒。茶店の団子ぐらい食わせろや」

鞍上の玄庵がぼやくと速度が落ち、上り坂の商家通りをのろのろと登っていった。

中山道六十七宿の始めにある板橋は、日本橋から二里半の距離にあった。文字どおり板橋は石神井川に架かる板の橋で、そこを渡って繁華な宿場を抜けると戸田までゆるい下り坂となる。

中山道は人馬の往来が多いので、道の両脇には食い物屋が点在している。やっと人通りの少ない農作地に入ると、春駒がどっしりと足をとめて道ばたの野草を食い始めた。牛のようにのろくて大きな胃袋をしているので、いったん道草を食いだすと時間がかかる。

しかたなく玄庵も下馬し、大榎の樹下に腰をおろした。

しばらくすると、通りがかりの農夫が長いワラ束を抱えてのっそりと榎の日陰に入ってきた。そして汚れ手ぬぐいで首筋の汗をぬぐいながら言った。

「やっと追いつきましたよ、玄庵さま」

脇を見ると、眼光の鋭い男がゼイゼイと息を切らしていた。

「おう、三白眼の徳兵衛か」

「鈴木徳兵衛です。目付きが悪いのは生まれつきでして」

「伊賀者は馬より速いと言われてるが、そうでもないらしいな」

「広敷番の主任務は大奥の警護ですから。何も好きこのんであなたとのつなぎ役をやっているわけではない。すべて天璋院さまへの忠義心です」

負け惜しみめいた口調で言った。

よほど喉が渇いていたようだ。玄庵が水の入った竹筒を手渡してやると、うまそうにゴクゴクと飲み干した。

「徳兵衛、何か奥女中殺しの新情報でもつかんだのか」

「そうではありません。城内において黒鍬者らの動きが朝からあわただしくて。危険を知らせにまいりました」

「黒川大膳から、正式に俺への暗殺指令が出たとでも」

「たぶんそうでしょうね。なので、あなたさまの警護を」

「で、武器は」

「このワラ束の中に色々と」

剽悍な広敷番は思わせぶりに言った。

だが、玄庵は伊賀者の真の力量を知らない。じつのところ、黒鍬者との判別もちゃんとついていなかった。

「いちど黒鍬者らに襲われたが集団戦に慣れてやがった。徳兵衛、本当に一人で俺を護りきれるのか」

「同じ忍者だと思われてますが、出自がまったくちがいますよ。やつらは工兵にすぎません。架橋や石垣造りの集団です。戦国時代の昔から、諜報戦や要人暗殺をこなしてきた戦闘部隊のわれらと一緒にしないでほしい」

「そう力むなよ」

「今もわれら伊賀者は、尊い御台所さまや最高幹部の老中を護り、その指令のもとに働いております。一方の黒鍬者は一段下の目付の手足となって動くのみ」

「両者には腕の差があると」

「そうです、歴然としています。黒鍬者の集団など拙者ひとりで凌げますから。まかせておいてください」

「ほう、大きくでたな」

「いずれわかります、われらの本領が」

徳兵衛は真顔で力説した。

伊賀者は江戸城内で黒鍬者と似たような仕事に就いているので、かえって対抗心を激しくかきたてられるらしい。

永い太平の世において、凄腕の忍者軍団は特殊技能を発揮する機会もなかった。実戦の場で腕試しをしたくて、三白眼の伊賀者はうずうずしている様子だった。

広敷番の最重要任務は、大奥台所の見張りと将軍に出す膳の物の試食である。毒味役は膳所台所頭がこなし、万が一毒が入っていたら身代わりとして死ぬことになっていた。

もう一つの大事な役目として、大奥上臈《じょうろう》らの代参外出につきそって身辺警護をしなければならない。さえないネズミ色の木綿羽織を身にまとい、列の最後尾を目立たぬようについて行く。沿道の野次馬たちに『伊賀の田舎侍』と指さされる始末だった。しかも上臈たちの参詣は形だけのもので、寺社近くの茶屋へひいきの歌舞伎役者などを呼んで、性的欲求を満たしているとの噂だった。

女将軍の異名を持つ天璋院配下の伊賀者は、まだしも恵まれていた。選抜されたかれらは上絹の羽織袴を支給され、赤駕籠を護って胸を張って歩いていける。御扶持のほかに別段金まで頂戴し、自分の役職に誇りが持てた。

(何の因果か知らないが……)

破天荒な蘭医とのつなぎ役にまわされた鈴木徳兵衛のいらだちが、当の玄庵にも少しはわかった。

しかし、護衛とはいえずっと付きまとわれては面倒だ。

玄庵はつっけんどんに言った。

「徳兵衛、悪いが遠くから見張っといてくれねぇか。今日は私用なので、そばにいられると邪魔っけなんだ」

「いいですよ。おたがい、好きでつるんでるわけでもないし」

「なら、先に行くぜ」

「どうぞ、ご勝手に」

三白眼の恐い人相も、すねた時だけ生来のあたたかい人間味がにじみでる。

相棒の平助と同じく融通のきかない堅物だが、伊賀の影法師とはこれから長い付き合いになりそうだった。

道草をたっぷり食った春駒に乗り、玄庵はゆるい下り勾配の中山道を進んでいった。

そして、いつの間にか人馬一体めいた感じになっていた。

ほどなく前方の荒川岸ごしに富士山が見えてきた。どこで眺めても霊峰は威厳に満ちている。とくに純白の万年雪をかぶる山頂は神々しかった。

荒川東岸は川辺近くまで開墾され、小さく区割りされた田んぼが下流までつながっていた。その名どおり荒川の流れは、太古の昔から荒々しい。梅雨時、数年に一度は集中豪雨によって堤が決壊し、せっかく耕した田畑は水没してしまう。

（……それでも貧しい小作人たちはめげることなく）

荒れた田んぼをくりかえし整備し、種籾を蒔くのだった。

何一つ生産せず、作物を食い散らかしてばかりいる武家階級は大きな顔などできないのだ。加代の教えもあり、玄庵は農民たちを心底うやまっていた。

下総の百姓身分の飯炊き女は、食事前にいつもこう言っていた。

『玄庵どの、よく聞くべや。えばってるお侍さまの体はとても太って醜いべ、よく見りゃタダ飯食らいのクソ袋だど』

飯を前にして糞便の話はひどすぎた。

しかし、醜いクソ袋にだけはなりたくないと思い、慈善活動めいた父泰順の診療を子供のころから手伝ってきたのだ。

荒川べりの野原にはタンポポが咲き乱れ、早々と渡来したオオヨシキリがかしましく鳴いて、おのれの領域を主張していた。

巴屋のお駒に聞いていたとおり、おまさの実家は戸田の渡し場近くにあった。生い茂る葦原の奥に、藁葺き屋根の小さな農家が建っていた。

少し離れた場所の灌木に春駒をつなぎ、玄庵は開けっ放しの戸口で声をかけた。

「ごめんよ。俺は上野の巴屋の女将さんからの使いだが、政吉さんのお宅はこちらですよね」

折よく、肉親は在宅であった。

野良着を着た父親が出てきて、深ぶかと頭をさげた。

「遠くからご苦労さまでございます。娘のおまさは四日前に帰ってきましたが、一晩泊まっただけで、またすぐに上野のお店へ」

「いや、巴屋にはずっと戻ってない。それで女将も心配になり、こうして使いの俺が出向いてきたってわけだ。お駒さんからあずかった給金を納めてくんな」

「こんな大金、とても受け取れません」

「まっとうに働いて稼いだ三両だ。政吉さん、娘の嫁入りじたくに使ってもいいし、自分たちの田畑を買ってもいい。あんたが受け取らないと俺は子供の使いになっちまう」

玄庵は笑って言って、三枚の小判を包んだ袱紗《ふくさ》を父親の懐へねじこんだ。

年三両の給金は悪くなかった。

住みこみなので衣食住の出費もない。里の両親にも送金ができる。水茶屋勤めの仲居は、ほかにも遊客たちから祝儀も貰えるので、立ちんぼの夜鷹にくらべたらずっと生活が安定していた。

父親の顔はくもったままだった。

「この金はお給金ではなく、ひょっとしたら巴屋の女将さんからのお見舞金なのではありませんか」

「どういうことだい。親父さん、気になることがあるのなら言ってみな。俺にできることだったら力になるぜ」

「こうしてお金を届けてくださいましたし。お見受けしたところ、お医者さまだと思いますので正直に申しあげます。おまさは何かよくないことをしでかしたようです。実は帰宅の折に見なれない立派な刀を隠し持っておりまして、しばらくあずかってくれと」

「それだよ、俺が捜してンのは！」

思わず、声が高くなった。もしかすればと思ってやって来たが、消えた名刀はやはりおまさが持っていたのだ。

死んだ宗二郎の形見として手元に持っていたかったのか。あるいは売りとばして金に換えようと思ったのか。どちらにしても処置にこまり、おまさは刀を実家の父に託したのだと思われる。

返せと強要する必要もなかった。

すっかり観念した顔つきの父親が、前庭の納屋から大刀を持ってきて玄庵に手渡してくれた。

「どなたさまの刀かは存じませんがお返しいたします。おまさが盗んだのであれば、どうぞ微罪ですませてくださいませ」

「心配いらねぇよ。こんな人斬り包丁に何の価値もない」

「それと、もし娘のおまさが……」

「案ずるな。きっと無事だ」

そうは言ったが、彼女が生きているとは思えなかった。

役人だけでなく、浅右衛門や清十郎までが仲居のおまさを追っているのだ。どこで遺体となって発見されてもおかしくはない。

玄庵は一礼し、荒川べりの百姓家から立ち去った。

思いがけなく大名家ゆかりの名刀を手に入れたが、少しも心は晴れない。春駒にまたがり、憂い顔で葦原をゆっくりと進んだ。

（この備前長船を浅右衛門に返せば……）

たがいの遺恨はぬぐいさられ、志乃の身も安全になる。

だが、それで一件落着になるとは到底考えられなかった。こうしておまさの父親に会った以上、玄庵には彼女の生死を確かめる責務があった。

(そして、もしおまさが誰かに殺されていたら)

その落とし前は、きっちりとつけねばならない。荒川岸まで遠駆けした玄庵は、また一つ女がらみの難題を背負ってしまった。

二

河原には殺気が充満していた。葦原で巣作りをしていた小鳥たちが、ザザッといっせいに春空へと飛び立った。

馬上の玄庵は周囲に目を走らせた。葦の穂先が微妙に揺れている。多数の男たちの害意が自分ひとりに向けられていた。

「くそッ、来やがった」

つなぎ役の徳兵衛の忠告を無視し、絶好の襲撃場所まで刺客らを誘導してしまったらしい。

人が手にする運には限りがある。

引いた吉札も次には凶札にすり替わるのだ。つい先ほど、皆が捜している名刀をおまさの父親から手渡された。思いがけない僥倖の後には、かならず倍返しの災難が待ちかまえている。

横なぐりの風が強まり、長い葦群れが大きくなびいた。その一瞬、玄庵をとりかこむ黒鍬者たちの上半身がはっきりと目に映った。

前の失敗に懲りてか、今回は人数が増えている。

ここで仕留める腹らしく、覆面をしていなかった。たとえ顔を見られても、殺してしまえば死者は何も証言できない。そう思っているようだった。

敵の数はざっと八人。それぞれが上着の下に鎖帷子《くさりかたびら》を装着しているのが見えた。頭目らしき角顔の男が勝利を確信したかのように言った。

「玄庵、今日こそ命をもらいうけるぞ」

「それはこっちのせりふだ。先日俺が斬った右肩が痛むようだな。今度は痛みを感じないあの世へと送ってやるぜ」

強気で言い返した。

だが無外流抜刀術が倒せる人数は、二の太刀が使える二人まで。

また何よりも速さを優先する仕込み杖は刃が薄く、多くの人体を続けざまに斬りさばくことはできない。

(しかし、まだ運はわずかに残っている)

玄庵の腰帯には愛刀の仕込み杖のほかに、あずかった備前長船までがしっかりと二本差しされていた。大名家所蔵の名刀なら、防御の鎖帷子ごとばっさりと敵を両断できるだろう。

玄庵の闘魂が春駒にも伝わったらしい。馬体に力がみなぎった。そして全身をふるわせて黒鍬者たちを威嚇した。

「バルルーン！」

「春駒、やつらを蹴殺せ！」

駄馬にも忠義心はある。『玄庵どのを背に乗せて無事に行って帰ってこい』という加代の命令に従ってか、初めて全速力で猛然と走りだした。

いつものんびり道草を食っている春駒は肉食獣と化した。大きな門歯をむきだしにして、前をふさぐ凶漢たちに咬みついた。四人の男らが横転びして逃げた。逃げ遅れた一人が、ひづめで顔を踏まれて悶絶した。

葦原を駆け抜ければ戸田の渡し場に着く。そこには渡船を待つ旅人たちが大勢いるので黒鍬者たちも凶刃をふるえない。

だが、かれの包囲網は二重になっていた。

脱出口と見えた方向に、さらに四人の敵が待ち伏せていた。捕吏たちが使用する長《なが》柄《え》の刺股《さすまた》で春駒の行く手をはばんだ。

しょせん老馬なので長距離疾走は無理だった。全力を使い果たした春駒も役目を終えたつもりでいる。走ることをやめ、例によってゆったりと野草を食い始めた。

態勢を立て直した黒鍬者たちが背後から迫ってきた。前面の敵も刺股をツンツンと伸ばして脱出路をふさいだ。

鞍上では抜刀の際にふんばりがきかない。玄庵は馬の背からとびおりざま備前長船を抜き放ち、真っ向微塵《みじん》に振りおろす。

「死ねやーッ、死ね！」

地上に降り立ち、さらに二の太刀で大きく横車に払い斬った。

接近戦では高みにいる者が勝ち残る。不意をつかれた二人の凶漢が、それぞれ頭部と腹部に深手を負ってなぎ倒された。春駒に顔面を踏まれた男も葦原でのたうちまわっている。

残るは九人。

成り行きで備前長船の試し斬りをすませた。二名を斬撃しても刃こぼれひとつしていない。人の生き血を吸った名刀は、真紅に染まって艶めいて見える。

頭目が太刀を正眼にかまえて烈声を放った。

「輪をちぢめて包み斬りにせよ！」

「承知ッ」

刺客たちの動きは統制がとれていた。包囲網がじわじわと狭まってくる。すり足の頭目が大刀を振りかぶった。同士討ちを恐れず、四方からいっせいに斬りかかるつもりらしい。

刹那、八方手裏剣がクルクルと回転して黒鍬者たちの頭上へ落下した。たちまち数人が負傷して出足がとまった。

葦原から大柄な農夫が走り出て、玄庵の背後を護った。その両手には長大な斬馬刀がしっかりと握られている。持参したワラ束の中には、飛び道具から合戦用の武器まで入っていたようだ。

「玄庵どの、大丈夫ですか」

「遅すぎるぜ、三白眼の徳兵衛」

「いいえ、鈴木徳兵衛です。あとは拙者にまかせてください」

「おもしれぇ。お手並み拝見といこう」

戦場で騎馬の脚を両断する斬馬刀は、広い場所で使えば最高の武器となる。豪腕でブルンッと一回転させるだけで多数の敵をなぎ倒せるのだ。

刺客らの刀などは一合しただけで折れとんでしまう。

また黒鍬者にとって、大奥の広敷番をつとめる伊賀者は最もやりにくい相手であった。身分も総数も伊賀者が上まわっている。

ここで徳兵衛を殺せば、すべての伊賀者を敵にまわすことになる。角顔の頭目が、さっと刀をひいた。

「何の真似だ。伊賀の岩蔵《いわぞう》、邪魔立てするな」

「黙れッ、本日の警護は尊い天璋院さまの下命であるぞ。これ以後逆井玄庵どのに手出しすべからず」

「天璋院さまが」

「さよう。もし違反したらば、家名断絶と心得よ」

「……わかり申した」

無念げに言って、玄庵の前に片膝をついた。

察した玄庵は、血刀を懐紙でぬぐいながら言った。

「悪いが全員の治療はできねぇぜ。備前長船の切れ味が凄すぎて、二名はもう黄泉路《よみじ》へと旅立っちまってる。救えるのは春駒に踏んづけられた不運な男と、八方手裏剣で傷ついた連中だけだ」

護衛役の徳兵衛も斬馬刀をひき、しかつめらしい顔で言った。

「かれらは運がよかった。あのまま闘っていたら死傷者が続出し、葦原は血の海になっていたことでしょう」

「どうかな、それは。こっちが殺られてたかもしれねぇ」

「なれば次の機会にきっちりと」

「そんなことより、初めて知ったよ。おめぇの本名が岩蔵だってことを。妙に似合ってるじゃねぇか」

「名前でからかうのはやめてください。それよりも早く負傷者たちの手当てを」

三白眼の伊賀者が顔をしかめて話をそらした。

三

山田邸の奥座敷で玄庵は端座していた。

先走りがちな性格なので、その日の内に備前長船を届けようと思い立ち、江戸の麹町まで馬を馳せたのだった。

襖がひらき、使用人の孫作が茶と金平糖《こんぺいとう》を運んできた。周囲にとげとげのある小粒の砂糖菓子は、子供のころからの好物だった。

忠義者の孫作が金平糖なみにとげのある声調で言った。

「先日は押し入り強盗みたいな事をされ、わが主も足を負傷いたしました。どうぞ今度はおだやかに」

「すまなかった。相棒が気の荒い男で」

「まったくひどいやつです。荒縄で縛られ、手ぬぐいでさるぐつわまでされて死ぬかと思いました」

「そうふくれるなよ。こうして二人は生きて再会した。主人の浅右衛門どのも、俺が右足の刀傷を縫合して全快に向かってる」

「まったく、あなたという人は……」

ひどいという言葉を胸におさめ、初老の使用人は部屋からそそくさと出ていった。

孫作の気持ちもよくわかる。

玄庵の行くところ、人はなぜかみんな興奮状態になってあたりに死傷者が転がってしまう。その後に傷治療をしても半数近くは助からない。ほんの数刻前、荒川東岸の葦原で黒鍬者たちと死闘をくりひろげた。結果は、敵にとって惨憺《さんたん》たるものだった。

内臓破裂と出血多量で死者二名。

顔面陥没で重傷者一名。

手足裂傷で軽傷者五名。

なんと十二人の刺客のうち、八割が傷を負って河原に倒れ伏したのだ。人斬り玄庵どころか、まるで地獄の使者であった。

「入ります。抜き打ちはご免こうむりますよ」

いったん廊下外で声をかけ、山田家の若当主が入室してきた。例によって湯上がりのような美肌だった。加代婆のいたずらで、怪しい干し肉の炊き合わせを一緒に食って以来、二人は近しい仲になっていた。

金平糖を口の中で転がしていた玄庵は含み声で言った。

「愛馬までお宅の厩舎に入れてもらい、すっかり迷惑をかけちまったようだ。突然訪ねて来てすまねぇ」

「二度目なので少しは慣れましたよ。玄庵先生の訪問はいつだってだしぬけで藪から棒ですからね」

「安心しな。今夜はおめぇの笑顔が見られるだろうぜ」

「武士たる者はめったに笑わない」

「いや、破顔一笑さ」

「そんなにじらさないでください」

「実物を見ればわかる」

徳兵衛をまねて、ワラ束の中から二尺五寸の大刀を思わせぶりに取りだした。

若い浅右衛門の目が大きく見ひらかれた。

「これは！」

「そう、おめぇが必死になって捜してた大名家ゆかりの備前長船だ」

「いったいどこで発見したのですか」

「浅右衛門、それは聞くな。とにかく手元に名刀はもどった。しかも試し斬りもすでに俺がちゃんとすませておいた」

「なんと野放図な。拝見いたす」

スチャと鞘から刀身を抜きとって行燈《あんどん》の灯にかざして見た。ぬぐい取れなかった人血が剣先に付着していた。

玄庵は、なんでもなさそうに言った。

「二名の壮漢を骨ごと叩き斬った。だが分厚い刀身はびくともしなかった。備前長船の名にふさわしい名刀だ」

「ですが、人を斬ったあとの始末が雑すぎます。血が鍔元まで流れ落ちて鞘まで汚れている。研ぎ師に出して刃を清め、鞘まで新しく作り直さねば」

「それでも試刀料はたっぷり懐に入るだろう」

「嫌味な言い方はしないでください。それがわが山田家の本業ですし。何はさておいても、玄庵先生にはお礼を申さねば。些少ですが、切餅をお納めください。百両あります」

文箱から封印された小判包みをとりだし、玄庵の膝元へスッとさしだした。金子を重ねて封じたかたちが、ちょうど餅を切りとった形状なので切餅と呼ばれている。

どうやら諸国の大名たちは、保証印を打った紙包みで浅右衛門のもとへ試刀料を送っているらしい。ちらりと文箱に目をやると、無造作に数個の切餅が入れられていた。

金額の多寡はまったくちがうが、若い浅右衛門の金銭感覚は玄庵と同じく麻痺しているようだった。

手にすると、やはり百両の紙包みはずっしりと重い。

くれるというものを返す必要はない。玄庵は懐の奥へしまいこみ、歌舞伎役者が演ずる小悪党のように不敵に笑ってみせた。

「思いがけなく手に入る百両か。ありがたくいただくぜ」

「こちらこそ救われた立場なれば」

「だったら、夜鷹のしのの件は約定どおりに」

「もちろんです。これからはあの女を護るがわに立ちましょう」

「よく言ってくれた。これで俺も大手をふってしのに逢いにいける」

「それはやめたほうがいい。仇討ちは連鎖し、肉親らの遺恨は風車のごとく幾世代に渡って回りつづけます」

年下の浅右衛門に釘を刺された。

考えてみれば、宗二郎殺しから始まった一連の騒動は何ひとつ解決していないのだ。仲居のおまさは行方知れずで、その生死が危ぶまれる。

金冷えの懐を片手で押さえ、玄庵はずばりと切りこんだ。

「水茶屋の仲居のことだが、宗二郎の兄の黒川清十郎に呼び出されて以来、ぷっつりと消息不明だ。親御さんや店の女将が心配してる。何か知ってることがあったら聞かせてくれ」

　さすがに直弟子の清十郎のことは話しづらいらしい。しかも相手は名門で幕府の中堅幹部だった。

　しばらく沈思したあと、浅右衛門が覚悟を決めたように言った。

「師たる者が、弟子筋の者に恐れを抱く必要もありませんね。されば先日の高い人物評をとりさげます。清十郎の剣は、その人柄にも似て妄執に満ちています。勝つためには手段をえらばない。そのくせ肉親愛が異様に強く、ぐれた弟の宗二郎だけでなく、病身の妹の香澄さまの身を必要以上に案じている。弟の死を知ると、小姓組番頭の立場も忘れて物狂いしたように下手人捜しに入れこみ、拙者が巴屋のおまさのことを話すと血相を変えて水茶屋へと向かった。ただし、その後のことは存じません」

「妹の香澄ってのは、たしか田宮芳斉の許嫁《いいなずけ》だったな」

「はい、あなたさまと同門の表法印医師です。清十郎の話では、開明派の蘭方医は嫌いだが、妹の難病を治すには二人を添わせるしかないと。それまでは奥医師の石川良信さまが担当医だったそうですが、快癒不能と診断されたそうで」

「して難病とは」

「恐ろしい血の病とか言ってました」

「ちっ、芳斉もとんだ家族に見込まれたもんだ」

芳斉とは長崎の蘭学塾で共に学んだ仲である。

話を聞いて、少なからず学友に同情した。家格ちがいの婚約には裏の事情があったらしい。名門黒川家にふさわしい俊才として迎えられたのではなく、病身の妹の付き添い医師が必要だったのだ。

ただの貧血ならまだしも、西洋医学をまなんだ蘭方医の治療を求めているとなれば、かなり深刻な容態なのかもしれない。西洋の最新医学を習得した同じ蘭医として、許嫁の病状について芳斉に助言すべきだと思った。

(……たとえ対岸は見えなくとも)

乗りかかった船だ。

それに、ここから芳斉の屋敷まで半時もかからない。

山田邸を辞した玄庵は、春駒にまたがって日本橋堀留町へと向かった。一日中歩かされた老馬はすっかりへばっている。それでも加代の命令をけなげに守って一歩一歩進んで行った。

川沿いにひらけた堀留町には、富商たちばかりでなく多くの儒者や医者などが屋敷をかまえている。

だが、人馬共に道草を食って横道にそれる性格だった。

子供のころから自分でしっかりと予定が立てられない。いつも出たとこ勝負である。進むべき方向から外れ、そこで思わぬ災難に出遭うのだ。

すでに陽は落ち、日本橋裏通りの煮売り酒場から旨そうな匂いが漂ってきた。玄庵はつられるように下馬し、薬箱を手になじみ店の縄のれんをくぐった。

店内は閑散としていた。江戸でコレラが発生して以来、飲食店は客足がぱったりと遠のいている。天災や人災が起こると、まっさきに被害をうけるのは庶民だった。

常連客の玄庵を見て、下働きの女中が声をかけてきた。

「いらっしゃいまし。今夜もお早いことで」

「お亀、すまねぇが外の柳の木につないでる馬にニンジンを五、六本食わせてやってくれ。俺の酒や食事はその後でいい」

「承知しました。それと……」

「何だよ、言ってみな」

「ご同輩の国光平助さまが奥の席におられますが」

「べつに待ち合わせてたわけじゃねえが。ちょうど、いいや。一番高い酒と肴をありったけ二人の席にならべてくんな」

また玄庵の浪費癖があたまをもたげた。

懐には光り輝く百枚の小判が鎮座している。貧乏同心に大盤ぶるまいしても使いきれないほどだった。

「ほんとにいいンですか。そんなに料理をとって」

「なんなら店ごと買い取ってもかまわないぜ。ほらよ、ご祝儀の前渡しだ。下働きの者たちで均等に分けな」

懐の切餅をとりだし、指先に力をこめて金包みの封印をぷっつりと切った。芝居がかった仕草に、女中のお亀がうっと吐息をもらして両目をしばたたいた。

小銭でも渡すように、山吹色の小判をさっとお亀に握らせた。

「こまります、こんな大金。ねぇ、国光の旦那、どうすりゃいいンですか」

困惑したように、奥の席をふりかえった。

先ほどから様子を見ていた同輩が笑って言った。

「お亀、もらっときな。蘭方医は自分の腕一本で稼げるからな。どうせ金持ちの女房の乳癌手術代だろう」

「なら、皆に分配します」

小判を手にしたお亀は手柄顔で調理場へと向かった。

玄庵は同輩の席に対座し、がまんしきれず相手の小鉢へ箸をのばした。

「タコの酢の物か。ちょいといただくぜ。それと平助、残念ながら読みちがいだ。この切餅は悪名高い首斬り浅右衛門からむしり取ってきた。付きあってみりゃ存外いい奴だった」

「まったく何をやってるんですか。二人で斬り合ったり、傷を縫って治したり。あげくの果てに百両までせしめるとは。まさか浅右衛門と組んで人胆丸を売りさばいたのでは」

「一緒に干し肉の人胆丸を食ったことはあるがな」

「無茶を言う」

「知ってるだろ、平助。俺はいつだって加代婆の言いつけを守って行動してる。今日も荒川岸で黒鍬者たちを二人斬り殺したが、この金とは直接の関係はない」

「大有りですよ。黒鍬者はれっきとした幕臣だし、二人も殺されたとなればかれらも黙ってはいないでしょう。また奉行所としても見過ごしにゃできない案件だ。あなたの行く先々で死体がごろごろと転がってる。とても私ひとりでは尻ぬぐいできない」

「すまねぇ。いつもおめぇには迷惑ばっかりかけてるな。今夜は俺のおごりだ。鯛や穴子、真鴨に卵焼き、ここでたらふく飲み食いしようぜ」

玄庵は上機嫌で言った。

だが、金運もそこまでだった。厨房からごちそうが運ばれてくる前に、店の入口から顔見知りの町与力が捕り方たちを引き連れてなだれこんできた。

与力の内藤兵四郎が目を血走らせ、二人に十手を突きつけた。

「逆井玄庵。ならびに国光平助。両人共に神妙にせよッ」

状況がまったくつかめなかった。上司に言われたとおり、定廻り同心の平助が神妙な態度で内藤に問いかけた。

「内藤さま。いったい何事でございましょうや」

「国光は職権を乱用したる賄賂強要。逆井は水茶屋の仲居殺し。今日の早暁、小石川の松林にておまさなる女を殺害せし現場を目撃した者がいる。事件はすべて明白なれば、おとなしく縛につけ！」

無鉄砲な玄庵は、どんな場合でもおとなしくふるまえない。

ましてや水茶屋のおまさが、自宅近くの小石川で殺されたと聞いては黙ってはいられなかった。しかも玄庵を下手人として番所に通報した者がいるらしい。

（町与力に圧力をかけられるのは……）

旗本や御家人を監察する目付しかいない。

平助の制止をふりきって身をのりだし、上司の内藤を怒鳴りつけた。

「この大間抜けめ！　身内の恥を世間に知られないため、平助に金を送りつけたのは目付の黒川大膳だ。贈収賄というなら、贈ったがわを先に捕まえろ」

「なれば、そなたはどうなのだ。若い女を松の枝に逆さづりにし、責め殺すとは鬼畜のしわざ。特徴のある慈姑頭《くわいあたま》を百姓たちが遠くから見ておる。腑分け狂いの玄庵、それでもシラを切るか」

いったん罠にはまれば、もがけばもがくほど鉄鎖が身に食いこむ。ここで抗《あらが》って捕吏たちを斬り倒せば、朋友の平助まで重罪人になってしまう。

玄庵は最後の手段に打って出た。

すばやく手元の薬箱をひらき、天璋院さまから下げ渡された宝刀を木っ端役人たちにかざして啖呵をきった。

「下がれッ、下がれーッ！　畏れ多くもこの懐剣は、前将軍徳川家定公の銘が刻まれた伝家の宝刀だ。どうでィ、葵の御紋が目に入ったか。正室の天璋院さまより天下御免の通行札として頂戴した。俺を縄目にかけるということは、徳川家に弓を引くのと同じ。内藤兵四郎、それでも捕縛する覚悟があるのか」

「それは……」

老練の町与力が逡巡した。

玄庵は声を荒らげ、さらに押しかぶせるように言い放った。

「何を突っ立ってやがる。さっさと土下座しやがれ！」

店内が水を打ったように静まりかえった。家定公の名に恐懼し、捕り方たちは棒立ちになっていた。

すると何を思ったのか、同輩の平助が真っ先に店の土間に大仰に平伏した。

第六章　血の報酬

一

本郷台地から遠望すると、朝焼け空を借景にして富士山が視野いっぱいに入ってくる。玄庵は両手を合わせて霊峰をおがみ、虐殺されたおまさの冥福を祈った。その身を危ぶんではいたが、まさか逆さづりにされて殺されるとは考えてもいなかった。犯行手口は、寛永寺黒門内の奥女中殺しとそっくりだった。

同一犯のしわざにちがいなかった。

夜鷹の仇討ちに端を発した連続殺人事件は、思わぬ方向へと走りだしていた。消えた名刀捜しは落着したが、若い女ばかりを襲う凶漢は今もどこかで次の獲物を狙っている。

(見つけしだい、女をいたぶる野郎を叩き斬る！)

玄庵の怒りは沸騰点に達していた。

冷酷な犯人は、被害者を逆さづりにして喉笛を切り裂き、血を流して死んでいく姿をじっとながめているのだ。そうしたむごい行為は、女たちを礼賛する玄庵への陰湿な挑戦とも思われる。

また二度目の殺害現場は逆井家そばの松林だった。仲居のおまさの身元は、《巴屋》の店名入りの手ぬぐいを所持していたので判明したという。

これみよがしな犯行は玄庵に罪をかぶせるためなのか。それとも他に何か目的があるのか。いずれにしても、第三の犯行だけは食い止めねばならない。

加賀藩上屋敷の赤門前を通りぬけると、前方の小間物屋の軒陰から目つきの悪い広敷番が姿をあらわした。先祖は伊賀の土民兵なので家禄が少なく、普段着も粗末だった。

「どうした、三白眼の徳兵衛。今日は変装もしねぇで」

「ちょっと注意しておこうと思いまして」

「不満げな顔つきだな。言ってみな。どうせ聞く耳は持たないが」

「木っ端役人たちに、あまり葵の御紋をちらつかせないでください。尊い天璋院さまの御名が汚れますので。南町奉行から大奥へ照会があったそうです。蘭医逆井玄庵なる人物をご存じか、本当に宝刀をさずけたのかと」

「それで、天璋院さまはどうされた」

「日本一の快男児なれば、何人《なんびと》も手を出すべからずと。宝刀の件は御台所の皇女和宮さまも承諾されていると。いったいどこが良いのか、高貴なお方の男の好みは突拍子もない」

つなぎ役の徳兵衛がふてくされたように言った。

伊賀者の情報網は各所に張りめぐらされている。昨夜の煮売り酒場での大捕物が早くも知れ渡ったらしい。

伝家の宝刀をかざし、捕縛に来た捕吏たちを一喝した。効果てきめんだった。居丈高な町与力の内藤兵四郎などは泣き顔になり、配下の平助にまで低頭していた。すごすごと退散した捕り方たちを尻目に、縄目を逃れた玄庵と平助は煮売り酒場で夜遅くまで痛飲した。

目の前にいる伊賀者が露骨にいやな顔をしている。

「それにしても、いつ会ってもあなたは酒臭い」

「すまん」

「そんな二日酔いの状態で、天璋院さまが依頼した奥女中殺しの下手人が捕まえられるわけがない」

「まことにすまん」

「あやまっても遅い。事件は連続して起こっています。現に昨日も若い女が逆さづりにされて犠牲になった。しかも奉行所は、腑分け狂いのあなたに疑いの目をむけているとか」

「俺が無実なのは、つなぎ役のおめぇが一番よく知ってるはずだ。昨日は朝からずっと一緒だったしな」

「拙者にも暮らしがある。何も一日中見張ってるわけではない。それより今日はどこへお出かけなのですか」

「この先の駿河台にある石川良信さまにお会いする。蘭医として初めて奥医師になられたお人だ。教わりたいことが色々とあってな」

「浪費癖に怒り癖。すぐに鞘走らす抜刀術。今から勉強しなおしても、その無鉄砲な言動は直らないと思いますが」

「そう。死ぬまでな」

さらりと受け流すと、徳兵衛の三白眼がギラリと光った。

「どうせ若死にするでしょうが、その前にきちんと使命を果たしてください。殺された当日の田津の足どりがわかりました」

「馬鹿野郎、それを早く言え」

玄庵は往来で立ち止まって腕組みをした。徳兵衛は少し間をおき、天璋院付の奥女中の様子について語りだした。

「大事なことはいちばん最後に伝える。それが忍者の習性です。生娘の田津は男を知ってから急に素行が乱れた。そして親しい女中仲間に男の存在を教えたそうです。親の病気見舞いを口実にして、今夜こっそり逢いに行くと」

「どんな野郎だ」

「田津の恋人は、小姓組番頭の黒川清十郎」

「なんだと……」

迷路に陥ったような気分だった。

人のつながりは予測を遙かに超えている。

上様のお供をすることが多い小姓組番頭は、大奥の出入り口まで同行する。そこで奥女中の田津と知り合う機会はあったはずだ。千石取りの旗本の嫡男と恋仲になった田津が、男の名を同僚に吹聴したとしてもおかしくはない。

（……だが、それよりも不可解なのは）

黒川清十郎の動きだった。

弟が殺された喪中に、田津に逢いに行こうとするだろうか。しかも日をおかず、水茶屋のおまさも呼び出している。そして二人の女は何者かに殺され、木の枝に逆さづりにされたのだ。

殺人事件は、被害者と最後に会った人物が最も疑わしい。その伝でいくと、黒川清十郎が最重要容疑者となる。

「では、あとはご自分で解決してください」

つなぎ役の徳兵衛が突き放すように言って、さっと背を向けた。

気持ちごと置き去りにされてしまった。なんとか気をとりなおし、玄庵は下駄を鳴らして本郷通りを歩いていった。

熟慮しても、さっぱり考えがまとまらない。まだ出会ったことのない若手官僚の存在が、心の中で大きくなるばかりであった。

角地にある小間物屋の《かねやす》は、江戸市中と郊外を分ける分岐点とされ、『本郷も兼康までは江戸の内』と江戸っ子たちに言われている。

江戸城を望見できる台地には、加賀百万石の広大な屋敷だけでなく旗本たちの豪邸が配置されている。眺望を重んじたわけではなく、すべて防衛のためだった。

城攻めでは、砲撃が最も有効なのだ。

そこに配慮し、江戸城周辺の台地を身内の旗本や譜代大名たちに下げ渡して堅牢な屋敷を建てさせた。そうした敷地は、いわば徳川家の最前線の陣地なのであった。

(しかしその思惑は……)

先年、浦賀沖にあらわれたアメリカの東インド艦隊によってもろくも打ち砕かれた。

黒船出現は、幕臣の玄庵にとっても大激震であった。

日本に来航したペリー提督は、大統領の親書を幕府に提出して開国を迫ったのだ。

幕閣らが返答を遅らせて先のばしを図ると、ペリーは『江戸湾に侵入してショウグンの居城を砲撃する』と脅しをかけてきた。それは西洋列強の常套手段であり、アジア侵略で多用する砲艦外交であった。

海岸線を背にして建てられた江戸城は、内海からの艦砲射撃を想定していなかった。アメリカ艦隊に砲撃されたらひとたまりもない。江戸城は木っ端みじんとなり、百万都市の江戸の町は一日で廃墟と化すだろう。

また開国を拒絶すれば侵略戦の口実をあたえてしまう。兵力はともかく、武器や戦術に差がありすぎた。圧倒的な軍事力を有する西洋列強に、アジア諸国は次々と植民地化されていた。

追いつめられた大老の井伊直弼は、下田で不平等な《日米和親条約》を結び、それが素因となって攘夷派の志士たちに桜田門外で斬り殺されてしまった。衆人環視の中の出来事だった。一朝にして幕府の威信は地に墜ちた。

そして暗殺の時代に突入したのだ。

どんな権力者も、殺してしまえばすべての力を失うことを過激志士たちは《桜田門外の変》で学んだ。また西洋列強も、政情の混乱に乗じて日本の植民地化をねらっていた。

（漢方医の父が、俺を長崎へ遊学させたのは……）

西洋医学の修得だけでなく、敵の内懐へとびこませて新たな道を探らせようという親心だったようだ。

今の玄庵の立場は勤王佐幕である。

身分の差はあれ、それは公武合体の政略結婚で徳川家に降嫁した皇女和宮や篤姫と同じ立場といえよう。家定公没後に落飾し、天璋院と号する篤姫が長崎帰りの玄庵に目をかけたのは必然の帰納だったのかもしれない。

若い玄庵は、幕臣であることに誇りを持っていた。

徳川家恩顧の臣下として京の帝に忠誠を尽くす。勤王にして佐幕。激しく燃える心情に一点の濁りもなかった。

これから会う石川良信は蘭方医の先駆者であった。

向学心がつよく、旧弊にはとらわれない。彼がいたからこそ長崎の蘭学塾への道がひらけたのだ。玄庵や芳斉にとって兄弟子ともいえる人物だった。

奥医師となった今も、驕ることなく駿河台の小さな拝領屋敷で暮らしている。武門の家柄ではないので、二百坪足らずの邸宅はツツジの垣根で囲まれていた。

いつものように裏手にまわると、長身の良信が腰をまげて土くれを掘り返していた。

「石川先生、何をされてるのですか」

垣根ごしに声をかけると、良信が照れ笑いでこたえた。

「まずいところを見られちまったな。蟻の観察だよ。こいつらの行動は、人間とちがってまったく無駄ってものがない。敵の侵入を防ぐ軍隊蟻から食物調達の働き蟻まできっちりと自分たちの役目を果たしている。しかも愚痴ひとつこぼさず、だれかのように横道にそれることもない」

「まいったな。なにもかもお見通しですね」

「話があって来たのだろ。咲き始めたツツジでも眺めながら、ひさしぶりに語り合おう。私も聞きたいことがある」

裏木戸をあけ、招き入れてくれた。

玄庵は木戸をくぐりぬけてツツジ園へと入った。枝が密集するツツジは人の視界をさえぎるので、垣根にはぴったりの植物だった。それに晩春には色とりどりの花を咲かせ、開花したあとも花期が長い。重厚な土塀よりもずっと風情があった。

石川家のツツジはすべて真紅だった。

玄庵は感嘆した。

「まさしくツツジ燃ゆ。紅蓮《ぐれん》の炎のようで」

「君が好む血の色さ」

相手のことを、『君』と呼ぶのが当今の流行りだった。江戸で真っ先に使いだしたのが先輩格の石川良信であった。

玄庵も笑って言い返した。

「外科医だから血に染まることもありますよ」

「君の悪い噂ばかり耳にする。せっかく習得した縫合手術より、敵対者を斬りさばくことのほうが多いらしい。同窓の田宮芳斉くんも気にかけていた。数少ない蘭医仲間たちを心配させないように」

「ご迷惑をかけついでに、大先達のお知恵を拝借したいのですが」

玄庵は親密な視線を向けた。

そっと一匹の働き蟻を左手のひらにのせた良信が、きれいに剃り上げた禿頭を右手でつるりとなでた。

「一匹では何もできぬ。右往左往するばかりだ。同門のよしみゆえ、知っていることはすべて君に教えよう」

「以前、石川先生は黒川家のご息女の主治医だったとか。血の病と聞きおよびますが、その病名と治療法はいかに。香澄どのは親友芳斉の許嫁なれば、俺も少しは役に立ちたくて」

数瞬の間があいた。

話しづらい事柄らしい。石川良信は手のひらの蟻をぐっと握りつぶし、医学の講義めいた口調で語りだした。

「まさに美人薄命。香澄さんは恐ろしい病に冒されている。君も蘭学塾で習ったように、今から二百数十年前に顕微鏡が発明されて病理学は一気に進歩したわけだ。その後オランダの生物学者アントニー・ファン・レーウェンフックが自分の血液を採取して顕微鏡で調べた結果、血液中に無数の赤い球体が存在することを発見した」

「赤血球のことですね」

「そして最近、白い球体の白血球も発見された」

「初耳です。血液も赤白そろい踏みとは」

「数年前ドイツの病理学者ルドルフ・ウイルヒョーが、重体の患者の血液を検査し、赤血球と白血球の数が逆転していることに気づいた。顕微鏡で丹念に観察したところ、血液が白く膿んでいるように見えたので《白血病》と名づけたという」

「……白血病」

　聞くだけでも忌まわしい病名だった。

　西洋医学に精通した先輩医師が、手のひらの小蟻の死骸をふっと吹きとばした。

「香澄どのが罹ったのは不治の病だ。残念だが今の医療では治しようもない。芳斉くんも色々と手を尽くしているようだが、香澄さんの余命はあと一月」

「俺にできることは……」

「何もない」

奥医師の石川良信がきっぱりと言った。

二

表通りにでた玄庵は、四つ辻に立ってあたりの様子をうかがった。

つなぎ役の徳兵衛に尾けられているような気がする。わざと遠回りして市谷へと向かった。当初から石川邸を訪ねたあと武家地の辻番所へ立ち寄る予定だった。

しかし、足どりは重い。

白血病の知識をさずかったが、気分は滅入るばかりだ。

（芳斉の美しい婚約者は……）

死の床にあった。

日本随一の蘭方医でさえ救えない業病を抱えこんでいる。だが学友の芳斉は一緒に盃をかわした時もつとめて明るくふるまっていた。

芳斉の心中を察すると胸が痛くなる。だが兄弟子が言うように、玄庵にできることは何もないのだ。

坂上の武家屋敷通りに平屋の辻番所が見えた。

横行する辻斬りの防止策として寛永年間に設置され、昼間でも二、三人の番人が詰めている。初めは近在の武士たちが受け持ち、夜の巡察もこなした。だが、今では町人が辻番として昼夜交替で番所を運営していた。

ひさびさの公務で市谷の辻番所を訪れることになった。

町与力の内藤兵四郎が天璋院の名に恐れをなし、《おまさ殺し》の事件を玄庵たちに丸投げしたのだ。おかげで定廻り同心の平助までが、しぶしぶ捜査陣に加わった。

（……無理が通れば道理がひっこむというが）

葵の御紋には想像以上の威光があるらしい。

下っぱ役人の町与力は、中堅幹部の目付より大奥の女将軍に従うことをえらんだのだ。そして犯人あつかいされていた玄庵が、殺されたおまさの検死役をまかされた。

松林で発見された彼女の遺体は、玄庵の権限で近場の辻番所まで荷車で運ばせた。その死因をしっかりと見定め、なんとしても下手人を処断したかった。それは同時に天璋院から依頼された奥女中殺しの解決にもつながる。

二人の若い女をなぶり殺しにした犯人は、まちがいなく同一人であろう。単なる快楽犯ではなく、裏にどす黒い動機が秘められているような気がしてならない。

辻番所の前には消火用の玄蕃桶が三段重ねで積まれてあった。

火事と喧嘩は江戸の華。

そうは言っても、火災で焼死する人数は、辻斬りで落命する者の何千倍もいる。江戸の辻々に配置された無数の番所や番屋は、奉行所の出張所ではなく出火と放火を防ぐ監視所であった。

「まっぴらごめんよ。検死官の玄庵だ」

薬箱を下げて辻番所に入るとお香の匂いがたちこめていた。そして部屋隅にいた垂れ目の同心が人なつっこい笑みをむけてきた。

「玄庵さん。昨夜は大いに盛り上がりましたね。呑んで暴れて、暴れて食って。上司の内藤に土下座させ、日ごろの胸のつかえがいっぺんに下りましたよ」

「葵の御紋を前にして、真っ先に土下座したのはどこのだれだったけか」

「あの場合どうしたらよいのかを、ぼぅーっと突っ立ってる馬鹿な役人たちに知らしめてやっただけですよ。天璋院さまの後ろ盾が効いて捕縛はされなかったが、連続女殺しの捜査を押しつけられちまった。まったくあなたは危険人物だ。一緒にいると次に何が起こるかわかりゃしねぇ」

「で、おまさの遺体は」

「いちおう奥の畳部屋に寝かせてあります」

「死臭の匂い消しまで焚いておくとは、おめぇらしいな。すぐに検死するから立ち会ってくれ」

一見すれば間抜けづらだが、垂れ目の平助は繊細だった。使者への鎮魂を忘れず、遺体のそばの香炉が白い薄煙を上げていた。

玄庵は薬箱から消毒液をとりだし、丹念に両手を洗った。

「早くも死後硬直か。一晩経ってるし、正確な殺害時刻を特定するのは難しいかもしれねぇな」

敷布団の上で仰向けにされたおまさの身体は、すでに硬くなって少し折れ曲がって見えた。顔にかけられた手ぬぐいを取ると、苦悶の表情がくっきりと刻まれていた。

匂いに敏感な平助が玄庵の小袖を引いた。

「待ってください。ここでまた死者の腑分けをして色々と調べるのですか」

「おまさが全身で話そうとしてるしな」

「できれば退席したいのですが」

「これもお役目だ。死者が何を語るか、ちゃんとそばで見聞きしな」

検死官からすれば、死者ほど雄弁なものはない。

物言わぬ死体を仔細に観察し、また解剖することによって逆に被害者の人権を守ることができる。どの死体も痛みや不平をのべることなく、しっかりと検死官に協力してくれるのだ。

とかく生者は平気で虚言し、自身の生き残りをはかる。

だが、すでに死んでしまった者は決して嘘はつかない。その無言の証言には信憑性があった。

死人に口なし。

（加害者たちはそう思っているだろうが……）

じつは被害者たちは、全身全霊で『私を殺したのはあいつです！』と検死官に訴えかけてくる。

これまで玄庵は百体以上の変死体を検分してきた。

死体の観察だけですますこともあれば、きっちりと解剖して死因を調べ、病死か、事故死か、他殺なのかを判断した。

幼児でさえ死体は雄弁である。半年前。煮え立った鍋にぶつかって熱湯を背中にあび、事故死した三歳児を検死したことがあった。しかし、幼児の背中を観察してみると、一ヶ所にだけ集中して火傷の痕があった。鍋をひっくり返したのなら火傷は広範囲に及び、まだらな痕になるはずだった。

『わたしのそばにいた者が、故意に鉄瓶の熱湯を背中にかけたのです』

幼児の死体はそう訴えかけてきた。

その数日後に継母が逮捕された。動機は亭主の浮気に腹を立て、激しい怒りの矛先が幼い継子《ままこ》に向けられたからだという。

（……殺されたおまさも）

かならずや犯人像を鮮明にしてくれるだろう。

検死官の玄庵は、そう信じて疑わなかった。

いったん合掌してから、死体の着衣を剥ぎとった。硬直しているので脱がせにくい。

玄庵はあごをしゃくった。

「平助、手伝え。女の帯をとくのは苦手だろうが」

「いや、それよりも無惨な死顔や死臭には、何度立ち会っても慣れません。同心稼業にはむいてないようです」

「そうかい。俺なんぞ検死の後は無性に飯がうまい。なんだか生きてるって実感がわいてくるしな」

「玄庵さんは、全身が肝っ玉で出来てますからね。もし幽霊がいたとしても、相手が怖がって逃げだすでしょう」

「駄弁でごまかすな。早く死体の衣服を」

しりごみする同輩をせかした。

二人で協力して重ね着した衣服を脱がせようとした。だが、一つだけ不審なところがあった。

「帯締めが見当たらねぇな」

「ここへ運ばれた時から帯締めはしてませんでした。殺される前に本人が意図的に外したとも考えられますね。分厚い帯を上からきっちりときつく締めるので、本人以外はほどきにくいですし」

平助がしたり顔で推論をのべた。

軽くうなずいた玄庵は、おまさの死体を全裸にして調べた。残虐な快楽犯に責めぬかれ、全身傷だらけだと思っていたが、傷痕が残っていたのは両足首と頸部だけだった。

顔は青く面変わりしている。

しかし、胴長のおまさの裸身は充実し、肌の張りも若さにあふれていた。黒川宗二郎が水茶屋に通いつめたのもわかる気がする。

両足首の青アザは、被害者を松の枝に逆さづりにしたときにできたものであろう。頸部の圧迫痕は縄状ではなかった。たぶん加害者が両手で強く絞めたのだと思われる。

「おまさの死因は扼殺《やくさつ》だ。手の大きさから見て下手人は長身の男。それも人殺しに慣れた野郎だろう」

「目撃者の証言では、慈姑頭《くわいあたま》の男が現場の松林にいたとか」

「まだ俺を疑ってるのか」

「殺害場所は逆井家の近くだし、目立つ慈姑頭をした男なんぞ江戸にゃ十数人しかいませんよ。あなたが犯人ならすべてが符合する」

「なるほど、そうだな」

平助の読み筋はきわめて論理的だった。

奥医師の石川良信や表法印医師の芳斉などは、衛生を重んじてきれいに頭を剃り上げていた。独特の慈姑頭で通しているのは身分の低い寄合医師か、うさん臭い町医師だけだった。

医学の知識がない平助が、横合いから口をはさんだ。

「本当に扼殺ですかね。死体の喉笛がするどい刃物で斬られている。黒門内の奥女中殺しの手口と同じだ。あのときはおれが検分したからよく憶えてますよ。小さく深い傷口から見て、外科手術用のメスが凶器だと思います」

「おい、そんな顔で俺を見るなよ」

「こまったな。あらゆる状況を総合して推理すると、この猟奇的な連続殺人事件の下手人はあなたしかいません」

「そう。もし俺がお前の立場なら、この場でふんじばる」

「動機はともかく、女好きで、すぐに刃物ざんまい。死体にメスを入れることを何とも思わず、現場不在証明もできない」

「まったくその通りだ」

「玄庵さん、少しは反論してください。言ってるこっちが逆に不安になってくる」

「まァ見てな、平助。すぐに死体が語ってくれる」

話に上がったメスを薬箱から取り出し、死体の頸部にブスリと刺しこんだ。

ほとんど出血はない。加害者によって頸動脈を切断され、すでに全身の血は流出していた。幅一寸、深さ二寸の傷である。見事な手際だった。鋭敏な平助の指摘どおり、凶器は手術用のメスにまちがいなかった。生体反応から見て、扼殺後に逆さづりにして喉を掻き斬ったのだ。

（しかし、この検死結果では……）

自分の無実を証明できない。かえって容疑は深まるばかりであろう。

横隔膜のあたりから恥骨部分までメスを入れた。死者の腸内にたまっていた腐臭が一気に放散され、そばにいた平助がゲッと嘔吐した。

胃腑も腸内にも残滓物は見当たらなかった。拉致されたおまさは食事さえ与えられていなかったようだ。あるいは襲われてすぐに首を絞められた可能性もある。

そして、死体はかならず加害者に至る道筋を残してくれている。おまさの右手の爪先には人の皮膚が付着していた。男に首を絞められた際、激しく抵抗して引っ掻いたようだ。人差し指と中指、それに薬指の爪に皮膚がくっついていた。

「平助、下手人の目星はついたぜ。両手や首筋、または顔か頭部に三筋の引っ掻き傷がある男が連続殺人犯だ」

「目立つ慈姑頭ならまだしも、浮気がばれて女に顔を引っ掻かれた男なんて江戸にゃごまんといますぜ」

「それともう一つ。目撃された慈姑頭は地毛じゃない。おまさの指にからんでた加害者の頭髪はかつら用の毛だ。たぶん俺に罪をかぶせるために使用してやがった」

「となれば……」

「下手人は俺のことをよく知ってる男だ」

「形勢逆転か。今度はおれが疑われてるみたいですね」

垂れ目の平助が情けなさそうに言った。

三

幸い、平助の上半身にはどこにも引っ掻き傷はなかった。

その場は笑ってすませたが、二人の間には微妙なしこりが残ってしまった。『事件に関わるすべての人間が容疑者だ』という平助の信念が、玄庵との仲を気まずくさせたようだ。

充満する死臭に耐えきれず、若い定廻り同心は巡察と称して早ばやと辻番所から立ち去った。

玄庵は外で待機していた老齢の番人たちを呼び入れた。

「とっつぁんたち。すまねぇがこの仏さんを戸田の渡し場そばにある百姓家まで荷車で運んでくれ。父親の名は政吉さんと言う。そこが彼女の実家なんだ。駄賃は二人に一両ずつ。そして政吉さんへの香典に一両。合わせて三両、たしかにあずけたぜ」

「旦那、こんな大金はじめて手にしました」

「わしもじゃ。長生きはするもんだな」

臨時雇いの二人の老人が目を丸くしていた。

「それと、これは俺からのことづてだ。《娘さんの仇はきっと果たす》とだけ父御に伝えてくんな。俺の名は玄庵。忘れるなよ」

「忘れやしません。一両分の働きはしてみせますよ。それと証文がわりにこっちも名のっておきます。わしは牛込の佐吉と申します」

「じゃ、佐吉つぁん。あとの事はたのんだぜ」

ぺこりと番人たちに頭を下げ、玄庵は辻番所から出ていった。

次の行き場所は決めていなかった。いったん昼飯を食いに小石川の自邸にもどろうとも思ったが、加代から大目玉を食う恐れがあった。前夜すっかり深酔いし、春駒の背に抱きついてなんとか深夜に帰宅した。そして今朝は父の雷が落ちるのを避け、裏門からそっと抜け出たのだった。

（……天下御免の宝刀を所持しているが）

逆井家においては、手のかかる放蕩息子にすぎない。いつも父に小言を食い、加代婆に叱られてばかりいる。それは母亡しっ子の玄庵にとって、しごく家族の温もりを感じる場面だった。

陽は中天にある。

朝から歩きづめなので、小腹がすいて里心がついた。やはり加代がつくる旨い昼飯の魅力にはさからえない。帰宅途中におまさの殺害現場を再調査すれば一石二鳥。何か発見できるかもしれない。

玄庵ならではの動物的な勘が働いた。

それに捜査の基本は現場百回とも言われている。事件があった場所へ何度も出向けば思わぬ収穫があるらしい。

市谷の坂道を上がり、尾根ぞいに進むと前方に松林が広がっていた。玄庵の自邸は、その小高い林の裏手にあった。曲がりくねった小道は、近在の牛飼いたちが江戸市中へ向かうときの抜け道になっている。

女殺しの事件の余韻はまだ周辺に残っていた。

草深い間道の脇で、二人の牛飼いが眉根をしかめて話しこんでいる。慈姑頭の怪しい男を遠目に目撃したのはかれらかもしれない。

立ち止まった玄庵は、ぐっと二人をにらみつけた。

案の定、玄庵の慈姑頭を見た牛飼いたちが腰を抜かし、その場にへたりこんだ。

「旦那、かんべしてくれ」

「逆さづりはごめんだ」

口々に言って、命乞いをした。藪医者の商標じみた髪型が、これほど人を恐怖に陥れるとは知らなかった。

玄庵は、わざと高圧的な物腰で言った。

「殺しゃしねぇよ。俺は南町奉行所付の検死官だ。御用の筋で聞きこみに来た。昨日の朝おめぇたちが見聞きしたことを、ここで洗いざらい話してもらうぜ」

「へい。なんでもお話しいたしやす」

「まずは事件を目撃した時刻と、下手人の特徴を教えてくれ」

「昨日はまったくひでぇ目に遭っちまった。ちょうど明け六ツの鐘を耳にした後でやす。このあたりを牛飼い仲間五人で種牛を引いて歩いていたら、あそこの松林に長身の男が突っ立ってた。腰に三尺ぐれぇの杖を差し、手には小さな光り物を持ってたっけ」

「そいつが例の慈姑頭の下手人なのだな」

「失礼ながら、旦那と同じ背格好で身のこなしも軽かった。おいらたちと目が合うと、さっと林の奥に消えたので皆で後を追ったんだが、なんとその現場に……」

「逆さづりにされた女の死体がぶらさがっていたと」

「で、すぐに小石川の番所へ駆けこみました。そんな案配でやす」

これ以上聞いても、新たな情報はなさそうだった。はっきりしていることは、自分に似た何者かがおまさを殺したという事実だけである。

「ご苦労だったな。もう行っていいぞ」

牛飼いたちを先に行かせ、玄庵は間道をそれて脇の松林に入っていった。役人たちが踏み荒らした跡があったので、事件現場はすぐにわかった。

寛永寺黒門内の事件と同じく、枝ぶりのよい古木が屹立している。樹下には小石が積まれ、山吹の花が手向けられていた。あざやかな黄色い五弁花は、働き者だった仲居のおまさに似つかわしい。

（……きれいな渓流に自生する山吹の花を手向けたのは）

見た目のさえない貧乏同心にちがいない。

女の遺体の枕元に香炉を置いたり、美しい花を摘んできたり、とかく持てない男のやることは感傷的だ。そのくせ、生きている女に対しては話しかけることさえできない。女難つづきの蘭方医と、女に無縁の定廻り同心。しっかり根のからんだつる草のように、切っても切れぬ生涯の相棒であった。

洗浄したわけでもないのに、事件現場には流血の痕跡がなかった。他所で扼殺し、現場に遺体を運んだのであろう。

それも先日の奥女中殺しと同一だった。加虐癖のある下手人なら、おまさの身体にはもっと多くの青アザが残されていたはずだ。

また女を襲う凶漢の目的の大半は強姦である。だが殺されたおまさの陰部にも裂傷はなかった。

無惨な逆さづりと充実した裸身。

この相反する犯行は何を意味しているのだろうか。

容疑者の黒川清十郎は二人の被害者と最後に逢った人物である。だれが考えても、清十郎の凶行だと映る。

しかし、激情にかられて女たちを殺したとすれば太刀をふるうはずだ。だが被害者の身体にはどこにも刀傷がなかった。それに山田流居合い術を究めた剣士が女に抵抗され、爪で肌を剥がされるわけがない。頭のきれる若手官僚なら、人知れず死体を埋めて犯行を隠すだろう。

そして、なによりも頸動脈をあざやかに断ち切った凶器は、太刀や脇差ではなく外科医が使う手術用のメスだった。

平助が言うように、西洋医学をまなんだ蘭方医が疑われるのは当然だった。下手人はわざわざ慈姑頭のかつらまでかぶり、捜査陣の目をそちらに向けようとしている。

（もしかすると、蘭方医の盛名を妬んだ佐幕派の漢方医が……）

非道な事件を起こし、その罪をなすりつけようと図ったのかもしれない。玄庵一人ではなく、開明派の蘭学者すべてが標的だとも考えられる。

玄庵は手がかりを求めて林の奥へ入った。

這いつくばって遺留品を探した。藪の奥まで調べたが、それらしき物はなかなか発見できなかった。

あきらめかけたとき、林の緑葉の中に緋色が交じっているのに気がついた。竹藪をかきわけて近づくと、漆《うるし》の木の枝先にからみつく緋色の帯締めが見えた。

「ここにあったか！」

思わず声がでた。

被害者のおまさは、ちゃんと手がかりを残してくれていた。

藪奥にぽっかり空いた赤土の空間が犯行現場にちがいない。そこには微量の血痕が散らばっていた。殺される直前、おまさは相手の隙をみて帯締めを漆の枝に巻きつけたのだ。

それは死者からの伝言であった。

最初に目にした者には責務がある。被害者の命がけの伝言をしっかりと読み取らねばならない。

だが直情な玄庵は、鋭敏な平助とちがって勘働きが鈍い。腕組みをしていくら考えても、おまさの意図がつかみきれなかった。

あらためて殺害現場の赤土を丹念に調べなおしてみた。

この場所で男女が激しくもみあったらしく、小さな足跡と大きな足跡がせまい範囲で入り乱れていた。

小さな足跡は被害者のおまさが残したものであろう。大きな足跡は加害者のものにちがいなかった。藪中へ連れこんで襲いかかり、両手で首をしめて殺したのだ。

「あっ、これは」

玄庵は目をこらした。

男女二名の足跡のほかに、二の字型の下駄の跡がくっきりと赤土に刻まれていたのだ。

(ずっと単独犯だと思っていたが……)

連続女殺しには共犯者がいることに気づいた。

死んだ人間を運ぶのは大の男でも手間どる。遺体の両足首を細縄でくくり、枝に逆さづりにするのは一人では無理だった。

犯人は二名!

ここに至って謎はますます深まるばかりだった。

半時後。小石川安藤坂の自邸にもどった玄庵は、やっと昼飯にありついた。外食するよりも、やはり加代手作りの季節の膳のほうが数倍旨い。

五分づき米のご飯。それにサワラの焼き浸しという絶妙の組み合わせだった。甘い醤油味の煮汁にサワラを浸し、炭火でこんがりと両面を焼いてある。

「加代、そんなに恐い顔をするなよ。なにはさておき、飯のおかずにゃ焼き魚が一番だな。小鉢のフキと生わかめの酢ミソあえもめっぽううめぇや」

飯炊き婆に叱られながらでないと、なぜか食った気がしない。

すぐに下総《しもうさ》なまりの小言がふってきた。

「この腹へらしめ、どんなに悪さをしても飯時にゃちゃんと帰ってくる。昨日は春駒を夜遅くまで連れ出してからに」

「あいつにも腹いっぱい飼葉を食わせてやってくれ。駄馬だとあなどってたが、けっこう役立ってくれた」

「げぇもねぇ。玄庵どのに外出の楽しさを教えこまれ、春駒は悪いくせがついて今日も遠駆けしてぇと厩舎で暴れてるど」

「老婆が老馬に乗って買い物に行けばいいだろ」

「また悪たれ口を叩いてからに。しまいにゃしっぱたくよ」

「そうだ。ぜひとも加代に聞きたいことがある」

玄庵は話を転じた。

子供のころから、物事に行き詰まったときは、《おばあさんの知恵》を借りることにしていた。くわしく全体像は話さず、先ほどの帯締めの一件だけをくわしく説明した。

すると無学な百姓女が、死者からの伝言をあっさりと解き明かしてくれた。

「玄庵どの、物事を深く考えすぎてはなんねぇど。殺された人の立場になってみれば真実はすぐに見えてくる。ええか、よく聞くべや。まんずおまさどのが帯締めをといたのは、相手が親しい仲の男だったから。隙をみて漆の枝に帯締めを巻きつけたのは、その帯締めは男に買ってもらった物だからじゃろう。殺されるのを覚悟し、証拠品として帯締めを現場に残したのではねぇべか。そのあとに共犯者の男が現場にあらわれ、おまさどのを絞め殺したのっす」

「凄いぞ、加代。彼女の伝言はそれだったんだ」

「それともう一つ。おまさどのはえらい女だど。逃れきれない痕跡を二人の男の肌にきっちりと刻みつけとる」

「そうか。加害者らが漆の木の近くにいたとなれば……」

「やっとわかったみてぇだな、玄庵どの。女をいたぶった下手人たちの肌には漆かぶれがでけておるど。まちがいねぇべ」

低い鼻を得意げに鳴らし、逆井家の飯炊き婆が可愛い笑顔で御託宣した。

第七章　湯島の合戦

一

厩舎で春駒が嘶《いなな》き、しきりに足踏みをする音が聞こえてきた。

すっかり遠駆けの楽しさをおぼえた駄馬は、玄庵を安眠させてくれない。しかたなく床から起き上がり、洗面と歯磨きをすませてから裏庭へとまわった。

厩舎へ入り、春駒の長い鼻筋をなでながら語りかけた。

「あとで一緒に外出するから、おとなしくしてな」

飼葉をたっぷりとあたえ、気まぐれな老馬のご機嫌をとった。

すると背後にあらわれた加代が、朝から元気な声で春駒の気持ちを代弁した。

「玄庵どの。どこへ出かけるにしても急がずあせらず、あまり人に迷惑をかけないようにゆっくりと歩いて行くべ。とくに女《あま》っ子には気をつけねぇとな」

「そのつもりだが……」

痛いところを突かれて口ごもった。

玄庵を悩ます一連の事件はすべて女がらみだった。たえず敵対者にねらわれ、仕込み杖を抜き放って死傷者の山を築いてきた。

人を救う蘭医にして人斬り。

相矛盾した性向は玄庵の特質であり、度しがたい欠点でもあった。育て親の百姓女から授かった幼い正義感が、あらぬ方向へ飛び火して収拾がつかなくなっている。

『女子供を害する悪党を決してゆるしてはなんねぇ』

だが、この世は悪党たちで満ちあふれていた。富商は貧者から搾取し、幕府高官らは蓄財や栄達に明け暮れ、庶民から高い租税をとることだけに知恵をしぼっている。

そして加代の言葉を忠実に実践するうち、一本気な玄庵は日ごと二尺三寸の刀身を鞘走らせることになってしまった。

(加代の洞察力は……)

鋭敏な平助より数段上まわっている。

被害者のおまさが残した伝言もしっかりと読み取った。漆の枝に巻きつけた緋色の帯締めは、おまさの情夫から贈られた物だと言う。すなわち、どこかの呉服屋で緋色の帯締めを買った男が、おまさ殺しの下手人なのだ。

午前中に乳癌患者の手術をすませた後、上野界隈の呉服店をしらみつぶしに当たってみるつもりだった。だが、玄庵がおまさの帯締めにだけ要点をしぼって話したので、加代の推理にはやはり限界があった。

おまさと深間の黒川宗二郎は、すでにこの世にはいない。

夜鷹の志乃に銀かんざしで急所の首を突かれ、とどめを刺されていた。殺害現場に残された帯締めが、親しい男からの贈り物だとすれば、玄庵は宗二郎の幽霊を追うことになる。

「玄庵どの、けったるい顔をすんでねぇ。朝飯前に薪割りをちゃんとしべぇ。おらは茗荷谷の朝市さ行って、採れたての地元の野菜を買ってくっからよ」

「みそ汁の具は豆腐とネギがいいな」

「だったら、そうすべぇ。ご主人さまのお弁当は作り置きしてあるので、いつものように二人で膳をかこむからよ。台所《でいどこ》の火を起こしておいてくれや」

「わかった。薪を割ってかまどにくべておく」

「なら、ちょっくら行ってくる」

曲がった腰をしゃんと伸ばし、大柄な加代婆はのっしのっしと裏門から出ていった。

雌牛のような後ろ姿が微笑ましかった。

さっさと薪割りをすませた玄庵は、汗まみれの着衣を脱いで医師姿の小袖に着替えた。それから、朝出の父を見送るため前庭へと向かった。

見上げると、小石川の上空に鴉が舞っている。

高台の松林のねぐらから飛びたち、群れをつくって繁華な江戸市中へゴミをあさりにいくようだ。そして毎日同時刻に、父泰順は自邸を出て登城する。

そのお役目は、将軍家茂公の朝の検便である。

けれどもお目見え以下の御家人なので、一度もご尊顔を拝したことはないらしい。桐の小箱に入れられた上様の排便を熟視し、その色つやと匂いを丹念に調べて健康状態を推しはかる。

地味で目立たない職務だが、寄合医師の泰順は自分の仕事に誇りを持っている。身に染みついた異臭により、『糞医師』と陰口を叩かれても、笑って受け流していた。

世間体を気にする幕医は、外面はよいが家内ではきびしい。

めずらしく玄関先まで見送りにでた玄庵は、今回もまた父の叱責をうけた。

「目付の黒川大膳さまから忠告をうけたぞ。ご子息の行状は目にあまると。玄庵、何かしでかしたのか」

「お父上の《仁》の教えをしっかりと守り、いつも弱者の立場に立って悪党どもを連日ぶった斬っております」

「大馬鹿者めッ。《仁》とは自他のへだてなく、すべてのものに情け深く、いつくしむ心なるぞ。悪党とて人の親であり、子であろう。それを斬り捨てるとは言語道断」

清貧をつらぬき、医療活動を何十年も続けている父の言葉は重かった。だが、逆井《さかい》家《け》の嫡男の逆らいぐせは直らない。

「お言葉を返すようですが、今の世は悪い野郎たちがのさばってます。庶民のことなど眼中になく、醜い我欲を満たすためだけに徒党を組んでやがる。見過ごしにゃできません」

「玄庵、《金》という字の成り立ちを知っておるか」

「いったい何の話ですか。仁と金は結びつきませんよ」

「金の字を筆で書けば、人ニハ心棒が一番となる」

玄庵は自分の手にひらになぞってみた。たしかに人ニハと書いたあと縦に棒線を一本下ろし、止めの横棒をひけば《金》という字ができあがる。

「なるほど。人には辛抱が一番か」

「そうやっていけば、金も残って暮らしも楽になるのじゃ」

「ですが、父上。わが家の暮らしぶりはいっこうに」

「それを言うな。とにかく何があろうと人を殺してはいかん、生かさねば。玄庵、しかと心得よ」

父らしい信念をのべ、苦虫を噛みつぶしたような顔つきで表門から出ていった。

金に関する教訓話は余計だった。庶民たちが生活を切りつめ、いくら辛抱しても生活が楽になるとは思えない。かえって高級官僚たちの思う壺なのだ。声を発して異議を唱えないかぎり、旧弊な幕政は変化しない。

しかし、父が嫡男の言動を憂慮するのも無理はなかった。

それほどに目付の権限は絶大であった。旗本や御家人はいつも目付の黒川大膳の監視下におかれ、町奉行所までが内部調査されていた。

下級御家人の玄庵など、黒川大膳がその気になれば、いつでも罪に落として捕殺することができるのだ。

（もし篤姫さまの後ろ盾がなかったら……）

とうの昔に詰め腹を切らされていたろう。

土壇場で窮地の玄庵を救ってくれるのは、屈強な男友達ではなく、いつの場合も心やさしい女たちであった。とくに年上の女に好まれ、良い思いをさんざんしてきた。垂れ目の平助や三白眼の徳兵衛らにとって、蘭医玄庵は歌舞伎の色悪として映っているはずだった。

登城した父と入れちがいに、艶っぽい年増女が表門にあらわれた。しゃれた江戸小紋の袷が朝陽をうけてキラキラと光っている。

巴屋のお駒がきっちりと頭をさげた。

「玄庵先生、今日はよろしくお願いいたします」

「お駒さん、他人行儀な挨拶は抜きにしようぜ。それと先生と呼ぶのだけはかんべんしてくれねぇか」

「では玄庵さん。ちゃんと三日間、身体から酒を抜いてきました。乳癌の摘出手術をうける覚悟もできていますから」

「まかせときな。ご自慢の乳房に傷跡が残らないようにする。立ち話は人目につくし、待合室へ行こう」

邸内へ先導し、玄関脇にある三畳間へと入った。

襖一つへだてた八畳間が治療室になっている。二人はせまい待合室に対座し、声をひそめて話し合った。

「それにしても、おまさの一件は本当に残念だったな」

「ええ。今でも涙がとまらない」

「俺が彼女を検死した。気丈で頭のよい娘だってことがよくわかった。そのあとご遺体は戸田の実家へ送り届けておいた」

「知ってますよ。昨晩おまさの葬儀があり、あたしも荒川岸までお悔やみに行ったから。色々と心づかいしてもらって、父御の政吉さんも感謝してましたよ」

「仕送りもちゃんとして、親孝行な娘だったらしいな」

「いずれは巴屋の店をおまさにゆずって、あたしも楽隠居するつもりだったけど。悪いお侍に出会ったばかりに」

お駒が涙をにじませ、口惜しげに言った。

玄庵にはどうしても腑に落ちないことがあった。話を一点にしぼって巴屋の女将に問いただした。

「あれほど気のまわるおまさが、なぜ黒川清十郎の誘いにのったのか。そこのところがわからねぇ。奴は殺された弟の宗二郎の仇を討とうとして下手人を捜してたはずだ。致命傷となったのは銀かんざしの刺し傷。あの時点では、皆が仲居のおまさを疑っていた。実兄が訪ねて来たからって、ついていく馬鹿はいねぇ」

「あの時、あたしも止めたんです。実兄の清十郎は上絹の羽織袴の立派な身なりだったけど、あまりにも弟の宗二郎に似てらしたので気持ちが悪くって」

「たしか年子の兄弟だと聞いてる。素行不良の宗二郎とちがって、兄の清十郎は清廉潔白だって話だ。剣は山田流居合い術の塾頭だし、国学もしっかりと身につけ、いずれは幕閣ともなろう人物だ」

「あたしはそうは思わない。商売がら男をたくさん観察してきてる。訪ねてきた清十郎を一目見て、《この男は宗二郎と同類だ》と直感した。見事な銀杏髷《いちょうまげ》を結い、どんなに立派な衣服をまとっても、陰惨な目つきは隠せないもの。でもおまさは、なぜかとても嬉しそうな顔で黒川清十郎と同行した」

「つまり、お駒さんの言いたいことは……」

「そう。もしかしたら、あの晩店にやって来たのは殺されたはずの宗二郎本人じゃないかと思って」

「それだ！」

思わず玄庵の声が裏返った。

二

お駒の乳癌の手術結果は良好だった。幸い摘出した腫瘍は良性で、転移の心配もなさそうである。

手術痕が目立たぬよう細心の注意をはらい、左乳房の底辺にそってメスを入れた。お駒の胸部は豊満なので、正面から見れば縫合した傷口は目につかない。

汲み置きのたらいで両手を洗いながら玄庵は言った。

「無事終了だ。お駒さん、よく痛みをがまんしたな」

「まな板の鯉だもの。覚悟はできてたし」

「しばらくここで休んだあと、辻駕籠を拾えば上野まで帰れるだろう。痛み止めの薬付きで診療代は五十文」

真顔できっちりと請求した。

巴屋の女将がきょとんとし、それから腹を抱えて笑いだした。

「ほほっ、わけがわかんない。廓や水茶屋で浪費してるくせに、難しい最新の乳癌の手術代がそれっぽっちとは」

「これは寄合医師の父が決めた料金なんだ。耳にタコだが、医は仁術だと信じていなさる。わが逆井家では、それで充分に帳尻は合ってるのさ」

「医者って儲かるお仕事だし、もっとご立派な屋敷に住んでると思ってたけど。ご立派なのは父親ゆずりの生き方だったのね。執刀の腕もあざやかだし、二度惚れしちゃった」

やはり女の生命力はすごい。

手術したばかりなのに疼痛を訴えることもなく、四十路の大年増は濃艶な流し目を執刀医に送ってきた。

このまま二人きりでいると、女患者には手をださないという禁忌まで破ってしまいそうだった。

玄庵は、わざと事務的な口調で言った。

「昼過ぎに湯島の番所へ顔をのぞかせなきゃならねぇんだ。五十文は加代に支払ってくれ。薬の調合もやってくれてるし」

「さっき控えの間で少しだけ話したけど、やさしくておもしろいお婆さんだわね。でも薬剤師とは知らなかった」

「それどころか加代は万能だよ。俺の知恵袋さ」

「お嫁の来手がないのも、なんだかわかる気がする。だけど、こうして生きてるってやっぱりいいわね。それを思うと、殺されたおまさが哀れでならない」

「言ったろ。かならず俺が仇をとってやる」

「ありがと。おまさの無念を晴らしてやってね。お礼は五十文ではなく、あたしの体で払うから。それが巴屋の決まりなの」

世馴れた年増との会話はいつだってはずむ。

流れるように快調で、とても青二才では太刀打ちできない。玄庵は微苦笑するばかりであった。

「よせやい。また巴屋をのぞくから、そんときはよろしくな」

「不忍池に面した奥座敷で二人っきり、帯をといてしっぽりと術後の経過を見てもらうよ。玄庵さん、覚悟なさい」

麻酔の抜けきれないとろんとした目つきだった。

病巣を切りとったお駒は、早くも女としての地力を再確認しようとしているらしい。

この場で抱きたい衝動を、玄庵はからくもこらえた。そして誘いにはのらず、「あばよ」と手をふって早々に退室した。

外出着に着替え、裏の勝手口から出て厩舎に向かった。

春駒の鼻息が荒い。

ブルルッと胴震いして喜びを全身にあらわしている。鞍と薬箱を背に乗せても逆らったりしなかった。遠駆けのおもしろさ、道草の愉しさを駄馬も知ったようだ。

（せまい厩舎でつながれているより……）

江戸市中や郊外を駆けまわったほうが快適であろう。人も馬も本能的に走ることに根深い喜びを感じる。

獲物を追い、また獲物として追われる。

太古の昔から体内に染みこんだ動物的感覚だった。血の気の多い玄庵は、そうした傾向が人一倍つよかった。

春駒は早くも走りたがっている。馬上の玄庵はそれを制し、手綱をひきしぼって通い慣れた安藤坂を下っていった。

安藤坂の呼び名は、坂の左辺一帯を拝領した安藤飛騨守《あんどうひだのかみ》からとられている。御三家紀州藩の家老職をつとめる安藤は、紀伊水道に面する田辺藩三万九千石の城主でもあった。戦となれば、紀州五十五万石の先鋒として出陣する立場にいる。佐幕派の重鎮だが気さくな人物で、下級御家人の父とは親しい碁敵だった。

坂下を右折し、白山権現から駒込町を直進して湯島へと馬を進めた。定廻り同心の国光平助は、昼間は湯島天神そばの番所に詰めていることが多い。

（やはり一人じゃ今回の事件は手に余る）

それにするどい頭脳も必要だ。連続女殺しの件なら、他に事件を抱えた平助も協力を断ることができないだろう。

「しばらくここで道草でも食ってろ」

雑草の生えた空き地の柵に春駒をつなぎ、玄庵は番所へ顔をのぞかせた。簡易な床几に腰かけた平助が、梅干し入りの冷えた握り飯をまずそうに部屋隅で食っていた。

「しけたツラをしてんな。たまにゃ廓に繰りこんで派手に女遊びでもしたらどうだ。花魁《おいらん》の揚げ代は俺が持つからよ」

「玄庵さん。あなたの言うとおりにしたら、いつもろくな目に遭わない。目付の大膳からの礼金を受けとったばかりに、危うくお縄になるところでした。いったん預かった三十両は、自分の判断で黒川家へ送り返しましたから」

「ご立派なもんだ。それで昼飯は握り飯一個なのか」

「ほっといてください。わかってますよ、どうせ何かおれに難題を押しつけようとしてるんでしょ」

「当たり。小姓組番頭の黒川清十郎を尾行してもらいたい。俺は目立ちすぎて不向きだし、まるで目立たない地味なおめぇなら後を尾けてもうまくいくだろう」

親しいからこそ偽悪的な言葉づかいになってしまう。

相棒の平助も負けずに言い返してきた。

「目立ちすぎて、おまさ殺しの下手人にまちがわれたくせに」

「それで思いだした。昨日おめぇと別れたあと事件現場の松林へ行って、藪の中まで調べ直してみた。おまさの物と思われる帯締めが藪奥の漆の枝に巻きつけられてた。これだよ」

袂から緋色の帯締めを取りだして見せた。

平助はすぐに状況を把握した。

「そうか。おまさの着衣に帯締めがなかったはずだ。殺される直前に目印として枝に残したんだな」

「つまりおまさを誘い出したのは、彼女と親しい仲の男ってわけさ。この帯締めも、たぶんその男がおまさに贈った物だろう」

「今日は妙に冴えてますね。恐れ入りました」

「それほどでもねぇよ」

加代の推論を自説のごとくのべた玄庵は、余裕ありげにふるまった。たまには賢明な平助の鼻をあかすのも愉快だった。

「では、おれがなすことは清十郎の尾行と……」

「おまさの三本の爪先に付着した人の皮膚。清十郎の面体に三本の引っ掻き傷があるかどうかも見定めてきてくれ。俺はこれから湯島から上野界隈の呉服屋をあたって、帯締めを買い求めた男の聞きこみをする。平助、二手に分かれて情報を集めようぜ」

「がぜんおもしろくなってきましたね。もし清十郎の顔に引っ掻き傷があり、呉服屋で緋色の帯締めを買った客も清十郎なら、連続女殺しは一挙に解決します」

「黒川家は断絶。目付の大膳も切腹はまぬがれまい」

「そのかわり当方の見込みちがいなら、こっちが刑死することに」

「確率が五割なら、やってみる価値はある」

「いや、玄庵さんはいつもたった一割の可能性にかけてますよ。相棒のおれは生きた心地がしません。では、さっそく四谷の黒川邸を張ってきます」

気の良い同輩が、さっと床几から腰をあげた。

正義感のつよい貧乏同心は、権力をもてあそぶ尊大な目付に敵愾心を燃やしていた。

破天荒な玄庵と組めば、巨大な敵も倒せそうな気がしているらしい。

気負いこむ平助を、玄庵は笑って呼びとめた。

「待ちな、まだ話は終わっちゃいねぇぜ。漆かぶれも重大な手がかりだ。清十郎の肌が荒れてるかどうかも確かめろ。暮れ六ツにこの番所で会おう」

「またも新情報ですか。とにかく日暮れ時にもどってきます」

着物の裾をからげ、定廻り同心は湯島天神裏の急坂を駆けのぼっていった。

有能な平助にまかせておけば、たいがいの難局はのりこえられる。大まかで荒っぽい性格の玄庵は次々と不祥事を起こし、これまで何度も助けてもらった。

（この俺ができることは……）

平助の嫁探しぐらいしかなかった。

だが当の玄庵も、自分の頭上の蠅も追えないれっきとした独身男なのだ。地道な定廻り同心のほうが、玄庵をだしぬいて嫁取りを先に果たすかもしれなかった。

番所をでた玄庵は、通りかかった豆腐売りから五丁ほどまとめ買いした。それを大食漢で雑食の春駒に与えると、口から泡をとばして食いつくした。大豆から作られた豆腐は、馬にとっても最高の栄養食らしい。

「木綿豆腐はうめぇだろ。力がついたら、これから一緒に呉服屋めぐりだ」

柵につないだ綱をほどき、ひらりと駄馬にまたがった玄庵は湯島の坂を下りていった。

不忍池の水茶屋につとめる仲居に帯締めを贈るのなら、近場の呉服店で買うだろう。玄庵はそう推測した。

春駒を店前の柳の木につなぎ、巴屋から最も近い湯島天神下の大店の《丹後屋》に入った。景気が低迷しているせいか、店内に客の姿はなかった。

前掛けをした老番頭が低頭しながら寄ってきて、探るように言った。

「ご来店くださいまして、まことにありがとうございます。何か御用でございましょうか。お姿を坂上の番所でよくお見受けいたしますが」

「そうか。面が割れてちゃしかたがねぇな。聞きこみと買い物の両刀遣いさ。まずはいちばん女が喜ぶ物を買い求めよう。金に糸目はつけねぇぜ」

「帯に着物は常道ですが、持って行くにはかさばります。贈り物ならきっと装飾品のほうが喜ばれますよ」

「そうかい、知らなかったよ。着物や帯だけじゃなく呉服店にゃ色んなもんが置いてあるんだな。だったら、その中でも最高値の一品を出してくんな」

「そう言われても……」

「心配いらねぇよ。懐で金がうなってる」

言葉遊びではなかった。首斬り浅右衛門からせしめた百両の残りが、忙しすぎていまだに使い切れずにいる。

惚れた女に高価な物を贈るのは、男にとっても喜びである。ひさしぶりに志乃と逢って手ずから渡したかった。数日離れているだけで、いっそう恋情が増していた。

いったん奥に入った老番頭が、紫の袱紗を大事そうに持ってもどってきた。そして青畳の上でさっとひらいて見せた。

玄庵にはその価値がわからない。

「ただの櫛じゃねぇか」

「いいえ。南蛮渡りの鼈甲《べっこう》の櫛でございます」

「値はいかほどだ」

「ざっと八両」

「高すぎらァ。いくらなんでも櫛一本が江戸庶民の年収以上とは」

玄庵が不満をもらすと、老番頭がきちんと両膝をそろえて教え諭すように言った。

「鼈甲櫛とは、熱帯の海亀の甲羅を秘伝の技で煮詰めて精製した貴重品にて。贅沢禁止の幕府の法令により、めったに手に入りません。なのでこれをスッポンの甲羅と別称して販売いたしましたので、ベッコウと呼ばれるようになったのです」

「番頭さん、講釈は聞き飽きたぜ。八両はこの場で払うから、ベッコウグシとやらをちゃんと箱に入れてくれ」

玄庵は懐から大きめの巾着袋を取りだし、無造作にジャランと八枚の小判を青畳の上にばらまいた。

老番頭の態度が一変した。

「小判がきっちりと八枚。なんと気前のよいことで。高価な櫛を贈られたご婦人も、きっとそれにふさわしいお方でしょうな」

「ふさわしいとも。相手は先日までこの界隈で客の袖を引いてた夜鷹さ」

「おたわむれを。すぐに桐の箱に入れてまいります」

上客の気が変わらぬうちに、八両を帳場の金庫に仕舞いこみたいのだろう。

玄庵が待ったをかけた。

「買い物はすんだが、まだ聞きこみは終わっちゃいねぇぜ」

そう言って、今度は袂から緋色の帯締めをだした。

老番頭がいぶかしげに帯締めを手にとった。

「これは確かに当店の品でございますが……」

「いつごろ、だれが買ったのか。番頭さん、そこんところをきっちりと教えてくれ」

「お武家さまが来店なさることはめったにございません。なのでよく憶えております。若くて銀杏髷のご立派な身なりのお人でした。三月ほど前に店に来られ、こちらの奨めるままにご購入されました。値は二朱だったと思います」

「ほかに憶えてることは」

「額に面擦《めんず》れの跡があり、そうとうに剣術のできるお侍だと」

「もういいぜ。精算してくんな」

聞きこみは一発で的中した。

きっとおまさの霊がみちびいてくれたにちがいない。玄庵は緋色の帯締めをぐっとつよく握りしめた。

やはり帯締めをおまさに贈ったのは兄の清十郎だったのだ。服装や面相から見ても、弟の宗二郎とはあきらかにちがっている。宗二郎の顔は、玄庵も一度だけ不忍池の参道で間近に見ている。彼の額に面擦れの跡などなかった。

(だが、三月も前に帯締めを購入したとすれば)

清十郎も、昔からおまさと付き合いがあったことになる。

黒川兄弟は、何か暗い秘密を共有していたように思えてならなかった。それとも、仲居のおまさが若い肉体で兄弟をあやつっていたのだろうか。

輝く未来を約束されていた清十郎と、親に勘当された宗二郎。相反する命運の兄弟は、一人の女を仲立ちにしてしっかりと結ばれていたらしい。

一見、清廉潔白な清十郎のほうが女ぐせが悪かった。

大奥勤めの奥女中までたぶらかし、城外へ誘い出していた。天璋院付の田津は言われるままに行動し、逆さづりという無惨な姿で発見されたのだ。

弟の宗二郎も心がむしばまれている。闇の試し斬りで金を稼いでいた。無礼討ちと称し、町人たちを襲って辻斬りめいたことをやってのけた。志乃の父親も、そうした犠牲者の一人だった。

(だが俺が池端で斬ったのは、いったいどっちだったのか)

また二人はどこですりかわったのか。

思念が乱れて何も結論がだせない。やはり黒川邸を見張る平助からの報告を待つしかなさそうだった。

三

店外に出た玄庵は鼈甲櫛の入った小箱を袂に放りこんだ。次に行く場所は決まっている。危難を避けるため逢わずにいたが、もうがまんの限界だった。

再び乗馬した玄庵は、浅草までつづく参詣の大通りを走りぬけた。鬣《たてがみ》をなびかせ、春駒は心地よさそうに蹄《ひづめ》の音を往来にひびかせていた。

浅草寺裏手の猿屋町には遊芸人たちを監視する会所があって、見廻り与力らが常駐している。かれらの目についていては何かと面倒だ。玄庵は町はずれの一膳飯屋の前に馬をとめ、顔なじみの店主に春駒をあずけた。

「すまねぇが横っちょの土手でこいつを遊ばせといてくれ。日暮れまでにゃもどってくる。これは駄馬のお守り代だ」

気前よく二朱金を手渡すと、しわばった店主の顔に喜色が浮かんだ。

「ありがとうごぜぇやす。常連客の斎藤一さまが転居され、もうお二人で店に来られることはないと思っておりましたが」

「これからもちょくちょく顔をのぞかすから心配するな。ここのミソ田楽は飯にも合うし、酒の肴にしてもぴったりだ」

「そう言ってもらえると、商いにも張りがでます」

「なら、馬の世話をよろしくな」

さっと背を向け、芸人横町へと歩を進めた。

しぜんに動悸と足が速まった。それでも警戒心はゆるめない。尾行されないように裏道を迂回し、芸人横町の薄暗い路地奥の陋屋へとたどり着いた。

戸口で小声で名乗った。

「……おしの、俺だよ。玄庵だ」

心張り棒を外す音がして、すぐに表戸がひらいた。

間をおかず玄庵はサッと室内へ入りこみ、しっかりと戸口に心張り棒をはめた。

志乃の泣き顔が目の前にあった。玄庵の胸をこぶしで何度も叩きながら、しきりに気持ちを訴えた。

「どれだけ待たせるの。ずっとひとりぼっちだったンだよ」

「俺も逢いたかったぜ。でもな、今は危険すぎる」

「危険を承知で父親の仇を討ったのよ。もう思い残すことはない。あんたと一緒なら、いつ死んだってかまわないと言ってるだろ」

「おめぇを死なせたくないのさ」

それは玄庵の本心だった。

おまさの死顔を見て、つくづくそう思った。巴屋の女将が言うとおり、何にせよ生きているということはすばらしいことなのだ。

一間きりの畳部屋には布団が敷いてあった。

濡れそぼった目で志乃が誘った。

「……ね、抱いて」

「待ちな、その前に渡す物がある。ほらよ」

「じれったいわね」

桐の小箱をあけた志乃が、また涙をこぼした。

日ごろは強気で鉄火肌の女だが、よほど人恋しかったらしい。

「おしの。髪に付けてみな」

「男の人から贈り物をされたのは生まれて初めて。しかも貴重な鼈甲櫛だなんて。どう、似合うかしら」

「ゆたかな黒髪にベッコウ色の櫛がなじんでる」

「高かったでしょ」

「嫁入り道具だ。高島田の髪を梳《す》くにゃぴったりの一品さ」

玄庵は真顔で言った。思いがけぬ求婚の言葉をうけて志乃が絶句した。夜ごと男客を誘って肉体を切り売りしてきた夜鷹を、風狂の男は嫁に迎えようとしていた。

「それと、これは結納金だ。五十両あれば人は生まれ変われる。抜け参りの講にまじってお伊勢参りをしてくるがいいや。伊勢神宮の五十鈴川《いすずがわ》の清流で身を清め、もとの純な町娘になって半年後に江戸へもどってきな。二人で祝言を挙げよう」

「……本気なのね」

「惚れたが因果。死ぬまで一緒さ」

「変ね。嬉しすぎて涙がとまったみたい」

泣き笑いの表情で志乃が手早く帯をほどきだした。夜鷹稼業が身についた女は、男に抱かれるしか感情表現ができないようだ。それがまた玄庵の琴線を微妙にくすぐった。

哀れだし、とても愛おしい。玄庵は力なく微笑んだ。相手を思う気持ちがいっそう深くなり、そのせいか肉欲がすっかり失せていた。そっと抱きしめているだけで気持ちが安らいだ。

（……これが恋なのか）

若い玄庵は自分の心を持て余していた。

夕暮れ時。志乃の寝姿をしっかりと目に焼きつけ、玄庵は路地奥の陋屋をあとにした。その懐には志乃からゆずられた銀かんざしが入っている。長旅の形見としてあずかったのだ。

芸人横町の大家の所に立ち寄って旅費を渡し、明朝には志乃が伊勢へ旅立てるように手配をすませた。

日暮れの土手で、のんびりと春駒が道草を食っていた。

「とっつぁん、駄馬の面倒を見てくれてありがとよ」

一膳飯屋の店主に礼を言って、玄庵は春駒に騎乗した。

対決の刻は迫っている。敵対者が誰であれ、連続女殺しの凶漢は処断しなければならない。それは天璋院さまからの依頼であり、玄庵の責務でもあった。

また惚れた志乃を遠地へ旅立たせることで、玄庵の弱みは解消された。いつでも心おきなく闘いの場にのぞめるようになった。

暮れ六ツの鐘が鳴る前に、湯島天神裏の番所へもどって平助からの報告を聞かねばならない。

玄庵は馬をいそがせた。

「行けッ、突っ走れ」

春駒は余力充分だった。玄庵の声に呼応し、砂塵を巻きあげて広小路を疾走した。

刻限は暮れ六ツ。

あたりが夕闇に包まれていく。玄庵をせかすように、寛永寺の梵鐘の音が山裾へと流れ落ちてきた。春駒は力をふりしぼって湯島の急坂を駆け上っていった。

番所には、まだ灯りが点っていなかった。平助の黒川家の偵察は長びいているらしい。先ほどの空き地の柵に春駒をつなぎ、玄庵は坂上に目をやった。

大刀小刀をかんぬき差しにした同心が、手をふりながら走りおりてきた。空き地の前までたどり着いた平助が、荒い息を吐きながら手柄顔で言った。

「玄庵さん、ちゃんと見届けましたよ」

「そうかい。やはり黒川清十郎の面体に引っ掻き傷が」

「いや、やつの顔に傷はなかった。面擦れが残ってただけで」

「どういうことだ」

「小姓組番頭の清十郎が下城する際、町角で二度ほどすれちがって確かめたんです。すると、やつの首筋に赤く腫れた漆かぶれが広がってました」

「よくやった、平助。一の矢は外れたが、二の矢が命中したな」

被害者の遺恨はしっかりと加害者の肌に刻まれていた。

加代婆が指摘したように、漆かぶれの清十郎がおまさ殺しの下手人なのだ。だが、共犯の男はいまだに謎のままだった。

さらに平助が、驚くべき真相を語りだした。

「それと、ついでに年子の黒川兄弟の出生についても調べました。菩提寺の過去帳を見ると、清十郎と宗二郎は武家が嫌う畜生腹だったようです」

「何だって！　二人は年子の兄弟ではなく、双子だったのか」

「そうです。武家の家督は長男しか継げない。なので双子の一人をしばらく他家にあずけ、一年後に二男として菩提寺に届け出た」

「弟として育った宗二郎がぐれたのも……」

「ええ。旗本の二男は一生冷や飯食いですからね」

「すげぇぞ、平助。よく調べ上げたな。報奨がわりに高級料亭へ繰りこんで豪遊しようぜ。もちろん俺のおごりだ」

「残念ですが、お誘いにのることはできません。二度も町角で清十郎とすれちがったのがまずかった。黒川家の郎党たちに逆に後を尾けられていたようです」

垂れ目の平助が申し訳なさそうに坂上を指さした。

「なんでぃ、あれは！」

命知らずの玄庵も、さすがに圧倒された。そこには一千石以上の旗本が軍役で差配する小隊が戦陣を組んでいた。名門黒田家の誇りにかけて、不埒な下級御家人を討ち取るつもりらしい。

槍隊に弓隊。御徒に足軽。

総勢二十名以上の郎党が勢ぞろいしていた。

厄介なことに二名の鉄砲隊までが先頭に立っている。そしてその銃口は坂下の玄庵たちに向けられていたのだ。

黒田家が断絶すれば、かれら全員は禄を失って浮浪の徒に堕ちる。覚悟の差があった。幕臣の黒鍬者たちよりも、黒川家の郎党たちのほうがずっと難敵だった。

緊張が高まりすぎて、玄庵はげらげらと笑いだした。

「おもしれぇじゃねぇか。こりァ合戦だぜ」

「笑い事じゃありませんよ。早く逃げましょう」

「もう遅い。坂下からも二名の鉄砲隊が俺たちをねらってやがる」

「くそっ、やつらをぶっ殺す!」

平助の両目が初めて吊り上がった。そして鍔元に左の親指を押しつけて鯉口を切った。ゾロリと刀身を引き抜き、敵を威嚇するように大上段にふりかぶった。

「平助、剣を下ろして身をかがめろ。そんな格好じゃ標的になっちまう」

言い終わらぬうちに、旧式の火縄銃のばかでかい炸裂音が坂上で鳴り響いた。玄庵たちをねらい撃つ前に暴発したようだ。旗本たちが後生大事にしてきた先祖伝来の鉄砲は、どうやら戦国時代の骨董品らしい。

顔に大火傷した射撃手が悲鳴をあげて転げまわっていた。

しょせん鉄砲隊は張り子の虎だったのだ。自爆を怖がって射撃手たちは火縄を必死に消していた。

「今だ、平助。坂下へ斬りこむぜ！」

「おぅ！」

短く呼応し、玄庵の左脇に付いて駆け下っていく。

多数が相手の戦いでは、いったん受け身になると斬り返せない。敵の隙を突き、少数で突貫する闘魂が必要だった。火縄銃が暴発した今がその好機であった。

たえず敵の先をとって動きつづけ、魔風のごとく刃を振りまわさねばならない。手の力が萎えて足がとまった時、そこが二人の死地となる。

火縄銃を持った足軽たちが、坂落としに攻めこんできた二人の勢いに押されて背を向けた。

合戦ならば加減は無用だ。距離を見切った玄庵は走りこみざま抜刀し、背後からの片手斬りを放った。

「そこだ！」

ぐんと伸びた剣先が、小柄な足軽の尻っぺたをえぐった。しかし、動脈の通っていない部位なので致命傷には至らない。

ほぼ同時に、平助が跳躍して大刀を振り下ろし、返す刀であざやかな横面をねらい打った。さらに逃げる敵の後頭部へ諸手突きを見舞った。

「死ね、死ね、死ぬべしッ」

弓隊の一人が眉間を割られ、横にいた槍持ちもこめかみから左頬にかけてざっくりと斬り裂かれた。切っ先で頭蓋を貫かれた郎党は仰向けざまに倒れた。

男たちの絶叫が湯島の坂下に渦巻いた。

一撃三殺！

死体を怖がる軟弱者とあなどっていたが、なんと垂れ目の平助の剣は、情け容赦のない殺人剣だった。

顔面火傷一名。

臀部裂傷一名。

即死三名。

あまりの凶暴さに坂下の小隊は散り散りとなった。坂上を見上げると、二十数名もいた郎党たちは一人残らず消え失せていた。

「平助。本当はどこまで強いんだ」

「いや、自分でも驚いてます」

蒼白い月光の下。返り血を全身にあびた国光平助は、残心の構えをくずさなかった。

第八章　最後の銃声

一

遙か遠方に雨が降っている。荒川ごしに眺望する霊峰がいくぶん煙って見えた。江戸っ子の暮らしの根幹は富士信仰である。富士は不死に通じ、どの地から眺めてもたくましく雄大だった。またほぼ四季を通して清冽な万年雪を冠し、凜々しく屹立している。

(男ならば、そうありたい)

若い玄庵は荒川南岸に立ち、細長く剣状にのびた青芒《あおすすき》をスッとちぎりとった。

昨日、決闘状を小姓組番頭の黒川清十郎へ送りつけた。時刻と場所だけを記し、あえて理由にはふれなかった。長々と述べずとも、相手には充分に意思が伝わったであろう。黒田家の嫡男として、郎党たちを手にかけた玄庵を生かしておくわけにいくまい。

慣例に従い、それぞれ立会人は一名。勝負を見届け、敗死したがわは遺体を自邸へ運ぶ役目をうけもっている。

玄庵は、自分の立会人として相棒の国光平助をえらんだ。

(腕も立ち、機転もきく彼なら……)

黒川清十郎が約定を破り、多勢の従者たちを引き連れてきても何とか活路を見いだすだろう。

そばの水辺を歩いていた平助が、彼方を指さして高調子に言った。

「見てごらんなさい。玄庵さん。ほら、雨上がりの虹がかかってますよ」

純白の富士山頂には、いつの間にか華麗な七色の虹が半円を描いていた。

玄庵は笑ってうなずいた。

「縁起がいいや。今日の勝負、もらったな」

「何を言ってるんです。女殺しの外道に負けるわけがない」

「そう。霊峰富士は人の行く末をわかってる」

「わからないのは玄庵さんの浪費癖です。百両もの大金をたった十日で使い切ってしまうなんて」

「あちこちでばらまいていたら、懐から消えちまったよ」

「こまったお人だ。この果たし合いが終わったら、おれのおごりで一杯やりましょうや。板橋宿にうまい鰻屋があるんです」

垂れ目の平助は、まるで遊楽気分である。

必勝を信じ、ゆったりとした物腰で玄庵に連れ添っている。生死をかけた男の決闘がこれから始まるというのに、くつろいだ様子で話していた。

そうしたふるまいは、平助らしい気づかいだった。

いつものように談笑し、玄庵の緊張をときほぐそうとしているらしい。

玄庵も気安い口調で言った。

「おい、平助。先にこれだけは言っておくぜ。もし相手がわが多数の助っ人を連れて来たとしても、決してそばから手出しはするな。おめぇは俺の生死をちゃんと見届け、死体を小石川の逆井邸まで運ぶのが役目なんだ」

「ええ、ご心配なく。途中で板橋の鰻屋にゃ一人で立ち寄りますけどね」

深刻な話をさけ、平助が笑って切りかえしてきた。

戸田の渡し舟が荒川の対岸へと渡っていく。老船頭があざやかな手さばきで長竿を頭上でクルリと回すのが見えた。昼下がりの陽光がキラキラと川面を輝かせている。

いつもと変わらぬのどかな川辺の光景だった。

殺されたおまさは、実家近くの荒川岸の墓地に葬られていた。

住職不在の荒れ寺は囲いもなく、一面に青芒が繁茂している。その中に青草が刈り取られた空間があり、真新しい卒塔婆《そとば》が一本立っていた。

玄庵は、ここを決闘場所にえらんだ。

墓標の前で両手を合わせ、おまさの冥福を祈る。

（あんたの見ている前で、かならず……）

黒川清十郎を斬り倒す！

玄庵はつよく心に誓った。そして懐に忍ばせた銀かんざしを、着物の上からそっとふれてみる。

すでに五日前、志乃はお伊勢参りの一行にまじって旅立っていた。形見として渡された銀かんざしは、仇の宗二郎にとどめを刺した凶器でもあった。

伊勢への抜け参りの提案を、志乃はあっさりと受け入れた。もしかすると、二度と江戸へ帰ってこない決意を秘めていたのかもしれない。

神代の昔から人々を清めてきた五十鈴川で洗っても、心身の汚れは決して落ちることはないのだ。

娼婦上がりの女を嫁に迎えようとする一途な男心を知り、志乃は身を引く覚悟ができたとも察せられる。

垂れ目の同心が、墓標のそばで大きく背伸びをした。

「おい、平助。今日は花を手向けねぇのか。おまさ殺しの事件現場に山吹の花を供えたのはおめぇだろ」

「おれじゃありませんよ。仲居のおまさにそれほど同情してるわけじゃないし。因果応報ってこともありますから」

「だとすると……」

「二人の下手人のうち、どちらかが死者を哀れんで花を手向けたのでしょう。殺しておいて、つまらねぇ真似をしやがる」

「まったくだな。道理が通らねぇ」

玄庵の心には、今も黒い靄がかかったままだった。

無惨な逆さづりの死体と可憐な山吹の花。

おまさ殺しの主犯とみられる黒川清十郎の行動は、いつも謎に包まれていた。その犯行動機も定かではなかった。

江戸町奉行所の権限はかぎられている。

民事には介入して裁きをするが、幕府の高級官僚の不正を暴いて断罪することはできなかった。たとえ証拠があっても、一介の定廻り同心が小姓組番頭を捕らえることはゆるされない。老中らが黒川清十郎の罪科を吟味し、内々に切腹を申し渡すまで待たなければならないのだ。

気短な玄庵は、じっと黙ってはいられなかった。

幕政を信じてこのまま座視すれば、黒川家当主の大膳が幕閣に裏から手をまわして事件を闇に葬るだろう。

独力で決着をつけるなら、果たし合いがいちばん手っとり早い。

事件の真相は解けずとも、清十郎に殺された女たちの恨みは晴らせる。世にのさばる悪党どもを断罪するには、一剣をふるって息の根をとめるしかない。

しかし、真剣勝負は時の運である。

えてして正義の旗印が折れることも多い。玄庵が敗死すれば、何事もなかったように悪は栄えつづける。

正邪混淆。

そうやって世の中はずっと動いてきたのだ。

決闘の刻限が迫り、平助もさすがに物見遊山ではいられなくなった。声を低めてこれまでの調査結果をのべた。

「黒川兄弟は宿命の仲だったようですね。畜生腹の双子としてこの世に生をうけ、陰陽二つの道に分かれて成人した。名門の嫡男として育った清十郎は小姓組番頭に抜擢され、二男の宗二郎は身をもちくずして勘当の身。だが両者は二人でひとつ。その暗い性向にちがいはなかった。江戸の巷で自由気ままに遊ぶ弟が、逆に兄はうらやましかったみたいです」

「そこで、遊戯めいた双子の早変わりが始まったというわけか」

「ええ。山田流居合い術を究めた兄の清十郎は、じっさいに生身の人間で腕を試してみたくなった。そこで弟への支援と称し、師の山田浅右衛門から試刀用の太刀を次々とあずかった」

「江戸市中で起こった辻斬りも、もしかすると下手人は弟の宗二郎ではなかったのかもしれねぇな」

「その可能性は高いですね」

平助の読み筋を聞いて、玄庵は深い吐息をもらした。

身だしなみのよい兄が、上絹の羽織を汚れた粗衣に着替え、整った銀杏髷をくずせば無頼漢の弟と見分けはつかない。

（……しのの父親を無礼討ちにしたのも）

兄の清十郎だったとも思えてきた。

志乃は父親の仇を見まちがえたのかもしれない。玄庵も助勢し、殺さなくてもよい相手を襲ってしまったことになる。

さらに推測すれば、仲居のおまさの情夫も宗二郎ではなく、身をやつした清十郎なのではなかろうか。だからこそおまさは、店に訪ねて来た《宗二郎の兄》に唯々諾々と付いて行ったのだ。

そして情夫の正体を知ったおまさは、松林の藪奥へ連れこまれ、口封じのために命を奪われたのではないか。

その真相は、まさしく藪の中だった。

戸田の渡し場の方向から、長身の二人連れがやって来るのが見えた。結い上げた銀杏髷からして黒川清十郎にちがいない。約定を守り、立会人をひとりだけ同行していた。

「あれは……」

玄庵は目を疑った。

黒川家の近親者や郎党ではなく、師の山田浅右衛門が清十郎がわの立会人であった。

いちばん剣技のすぐれた者を清十郎はえらんだのだ。いざとなれば、首斬り浅右衛門は愛弟子の助勢をして玄庵に斬りかかるかもしれない。そして玄庵がわの立会人である国光平助も実戦ではやたらに強い。御家人の子弟らが通う幕府講武所で猛稽古にはげみ、知らぬ間に教授連を打ち負かすほどの腕前になっていた。

悪名高い御試御用の山田浅右衛門。

冴えない定廻り同心の国光平助。

それぞれ身分は低いが、共に情け無用の殺人剣の持ち主であった。これから決闘にのぞむ両人にとって、そばで支える立会人の力量はほぼ互角だった。

荒川土手の草いきれがきつい。青芒をかきわけ、師の浅右衛門が先に決闘場所へ足を踏み入れた。

若い浅右衛門の白い美肌がいくぶん紅潮している。

「縁あって立会人をひきうけた。今回の果たし合いの得物はたがいに大刀。痛み分けはなく、どちらかが絶命することで決着する。以後は遺恨を残さず。玄庵先生、それでよろしいかな」

「しかとうけたまわった」

「ならば、ご両者の奮闘を祈るのみ」

「黒川清十郎、いざ来たれ！」

玄庵は闘志をむきだしにした。

浅右衛門は後方へとしりぞき、入れ替わるようにして長身の清十郎が立ちあらわれた。決意の白装束をまとい、細紐で両脇から斜め十字にきっちりとたすきがけしていた。

「玄庵。この日を待っていたぞ」

「見なおしたぜ、清十郎。立会人が一人だけとは」

「武士たる者が卑怯なふるまいなどせぬ」

「よく言うぜ。甘い言葉で若い女をたらしこみ、二人までも虐殺して逆さづりにしておきながら」

「拙者ではない。すべて死んだ弟がなしたことだ」

清十郎は表情も変えずに言った。罪を双子の宗二郎に押しつけ、最後までシラを切りとおすつもりらしい。

「白装束とはすなわち死衣装。殺害現場に小石を積み、山吹の花を手向ける気持ちがあったのなら、このおまさの墓標の前で自分が犯した罪科を謝罪したらどうだ」

「いったい何の話だ、拙者は花を手向けたことはない。また女など一人も殺してはいない。もし殺すとすれば、その場で女を斬って捨てる」

「だとすれば、もう一人妙に残酷で情け深い共犯者がいたわけだ。そうなのか」

「答える義理もなし」

「いったい誰をかばってる」

「勝負！」

会話を断ち切るように烈声を放った。

周辺の青芒がざわめいている。黒雲が天空を走って風が巻き起こった。だが荒川土手に立つ二人の立会人は、身じろぎもせず決闘を見つめていた。

無外流抜刀術対山田流居合い術。日をおかず、またも一瞬の抜き手を競う死闘が繰り広げられている。

前回の名目は道場での手合わせだった。それでも白刃をきらめかせ、両者共に傷ついた。抜き手は浅右衛門のほうが早かった。一瞬遅れた玄庵は左肩に裂傷を負いながらも、喧嘩殺法の脛斬りで対抗した。

そして、からくも痛み分けに持ちこんだのだ。

（あの手合わせは、速さでは完全に負けていた）

玄庵にはその自覚がある。

家伝の《山田流据物刀法》にからめとられ、自分の斬り間を外してしまった。浅右衛門が体得した居合い術には、ある種の催眠作用があった。

ぐっと腰を低く沈めて半身になり、次に右手を広げて刀の柄にあてがい、念仏の声に合わせながら五本の指を順に折っていくのだ。最後の小指までしっかりと柄を握りこんだ時、首斬り浅右衛門の居合い抜きが炸裂した。その術策にはまり、玄庵は先手をとられてしまった。

山田道場の塾頭を相手に同じ過ちを犯す気はない。勝ち残るための策はちゃんと講じてある。一度居合い術の秘技を見知った玄庵のほうが、わずかに有利だった。

玄庵は真新しい卒塔婆を楯にして身構えた。

清十郎に少しでも良心が残っているのなら、おまさの墓標ごと玄庵を両断できないはずだった。刀勢が鈍って居合い術の抜き手が遅れる。

（いつだって、女たちが俺を護ってくれる）

たとえそれが死霊であっても変わりはない。

だが、卑劣な女殺しの顔には何の迷いも浮かんではいなかった。目の前の標的を斬り倒すことだけを考えている。遊戯のごとく無抵抗な者たちを試し斬りしてきた若手官僚は、初めての真剣勝負に酔い痴れているようだった。

しかも胆力まで備わっている。事前に清十郎は、一撃必殺の無外流抜刀術をしっかりと調べ上げていた。

「玄庵、涅槃《ねはん》で会おう」

相討ちを覚悟した言葉を発し、ためらいもなく肉迫してきた。

斬撃距離に入ると、腰を沈めて体を左にひねった。広げた右の掌は柄の部分に当たっている。その流れるような一連の所作は、師の浅右衛門がみせたものと同一だった。

今回の果たし合いに際し、浅右衛門は愛弟子に山田流据物刀法を伝授したらしい。

しかし、それは玄庵も織りこみ済みだった。

あの夜の手合わせは、百匁蝋燭の微光の中で行われた。せまい道場内で浅右衛門が念仏を唱えだしたとき、急に眠気に襲われて体の力が失われていった。そのため、大事な場面で抜く手が一瞬遅れてしまった。

山田家秘伝の据物刀法とは、ゆらめく灯と念仏で相手を無力化し、一個の据物として両断する恐るべき剣技であった。

勝利を確信したかのように、清十郎が静かに念仏を唱え出す。

「……南、無」

そして右手の親指と人差し指が順に柄にからんでいく。

眠気はない。決闘時刻を明るい昼間に指定した玄庵は、しっかりと覚醒していた。

強引に一歩踏み込み、ザンッと仕込み杖を一閃した。

「阿弥陀仏！」

玄庵は相手をさえぎって一気に念仏を唱えきった。鞘から噴出した二尺三寸の刀身が胸部を深ぶかとえぐった。

刀の柄を握りきれなかった清十郎は逆に据物と化し、あっけなくあばら骨ごと両断された。それは無外流抜刀術に山田流居合い術を合体させた《念仏斬り》の新技だった。

するどい切っ先が心臓にまで達したらしい。動脈が断ち切られ、胸元から噴水のように血が飛び散った。

清十郎の目は焦点を失い、おまさの墓標の前にぬかずくようにばったりと倒れ伏した。

気分なおしに浅草寺に参詣した。

二

青芒の原で黒川清十郎を討ち、女たちの恨みを晴らしたというのに、十日経っても玄庵の心は晴れなかった。

清十郎は、自分の罪科について何も語り残さずに死んでいった。共犯者の名も明かさず、連続女殺しの主犯として一人で罪を背負ったのだ。

卑劣漢だと思っていたが、最後に潔い決着を自分の手でつけた。

(そこまでして清十郎が守り抜こうとしたものは、いったい何だったのだろうか)

玄庵はずっと思い悩んでいた。

仲見世通りの雑踏を離れ、しぜんに足は裏通りの猿屋町へと向けられた。

派手な装束の遊芸人たちとすれちがう。町名の由来となった猿廻しだけでなく、綱渡りの曲芸師や年増の比丘尼《びくに》たちも芸人横町をせわしなく行き交っている。

町角で足をとめた玄庵は、真紅の加賀笠を目深にかぶった比丘尼を目で追った。

色っぽい小唄で客の気をひく偽比丘尼は、夜鷹と同じく自身のからだを売って日銭を稼いでいる。志乃によく似たうりざね顔だが、やはり荒淫の証しはゆがんだ口元に醜く刻まれていた。

（千人の男と交わった娼婦は昇華し、天女のごとしと言うが……）

それを嫁に迎え入れる男は稀であろう。

けれども伊勢参りに旅立った志乃は、永遠の別離を決意していたと思われる。人は皆、定められた宿命の中で一本道を独りで進んで行くしかないのだ。

これが未練なのか。

玄庵は、しばし哀傷にひたされた。

斎藤一の旧宅は、空家賃を大家に支払って押さえてある。

すっかり行き暮れた玄庵は、そのまま歩を進めて路地奥の陋屋の戸をあけた。すると、六畳一間の室内に大柄な剣友が寝そべっていた。

「一の字、いつもどってきたんだ」

「ついさっき、牛込から歩いてきた。けっこう距離があって大汗をかいたよ」

「元気そうでなによりだ」

「毎日猛稽古で、脚気も逃げ出したみてぇだ」

「いいのか、今日の稽古は」

「じつは旅先の志乃さんから礼状が試衛館へ届いてな。伊勢へ独りで旅立ったというじゃねぇか。それで玄庵さんのことが心配になってここへ来た」

「伊勢参りをすませて江戸へ帰ってきたら、おしのと祝言を挙げるつもりだ。一の字に仲人になってもらおうと思ってる」

「そいつァ無理だぜ。文面にゃ《玄庵さんのことは生涯忘れません。遠方の地で幸せをお祈りしています》と記されてあった。おれには志乃さんの気持ちがよくわかる」

「やっぱりそうだったのか」

玄庵は古畳の上にへたりこんだ。

去った女のことを、くどくど語るのは斎藤は好まない。

あっさりと話を転じ、入手した大刀についてしたり顔で蘊蓄《うんちく》を述べ始めた。それもまた一つの友情のかたちだった。

「太刀は戦国期の古刀にかぎる。なにせ多数の敵を斬るために造られてるからな。見ろ、美濃の刀鍛冶兼定が打った三尺の長剣だ」

差しだされた古刀を、玄庵は興味なげに鞘から引き抜いた。

一目見て贋作だとわかった。三尺の大太刀は棟の身幅が薄く、いちばん大事な白刃が濁っていた。やたら長い刀が好きな斎藤は、数打ち物の新刀をつかまされたらしい。

「一の字。いくらで買った」

「先日、玄庵さんが十両ほど送金してくれたろ。すっかり舞い上がっちまって有り金ぜんぶはたいた。試衛館は貧乏所帯だが、刀にだけはみんな金をかけてるぞ。塾頭の沖田総司。参謀格の土方歳三。喧嘩上手の永倉新八など多士済々だ。若い命を張った青雲の志さ。近藤先生などはかならずや起こる戦場での斬り合いを想定し、借金をしてまで名刀虎徹《こてつ》を入手された」

「……そうかい」

剣友が熱心に話しかけてくれるが、玄庵は生返事しかできなかった。志乃のことが脳裏から離れず、男たちの熱気に包まれた試衛館一党のことが耳に入らない。

斎藤がじれったそうに言った。

「よし、場所を変えようぜ」

旧宅を出た二人は、なじみの一膳飯屋に出向いた。

馬鹿話に興じ、ミソ田楽を肴に二合徳利を七本も空にした。やがて話のタネも尽き、玄庵はほろ酔いかげんで店をでた。

ひさしぶりに酒を呑んだ斎藤は、酔いがまわって千鳥足だった。

「玄庵さん、とても牛込までは帰れねぇや。おれは芸人横町の旧宅へ泊まっていくことにするぜ」

「一の字。よかったら明日も一緒に呑もう」

「医者のくせに、脚気患者を早死にさせる気かよ。こっちは明朝早く試衛館へもどって朝稽古だ。じゃ、またな」

浅草雷門近くで二人は別れた。

独り帰路につく玄庵は無性に心寂しかった。

流れ者の斎藤一もやっと安住の地をみつけ、仲間たちと共に一剣をもって世に出ようとしていた。なんだか剣友に置いていかれたような気がする。

それよりも、志乃の手紙の一件が若い玄庵を消沈させていた。

(もう二度と逢えないのか)

しかも旅立ちは玄庵から言い出したことである。厄介払いめいた気持ちが少しもなかったといえば嘘になる。どこか上の立場から夜鷹の志乃を見下していた。けれども、本当に相手を必要としていたのは玄庵だったのかもしれない。

思い返してみれば、一度も小石川の自邸へ志乃を招いたことなどなかった。本気で逆井家の嫁に迎え入れるつもりなら、父や加代に紹介していたろう。

酔いがぬけず、玄庵はしばし哀傷にひたされた。

志乃の形見の銀かんざしを懐に入れ、肩を落として夜道を歩いていると、田原町の誓願寺前で目付きの悪い易者に呼びとめられた。

「そこなる御仁。待たらっしゃい」

玄庵は歩をとめ、軽く舌打ちした。

「何用だ、三白眼の徳兵衛」

「いや、拙者の名は鈴木徳兵衛」

お定まりの二人の挨拶だった。

変装好きな伊賀者は、今回は町の易者として寺の門前で玄庵を待ち受けていた。その姿なら、二人でいくら長話をしてもだれにも怪しまれない。かたちだけ筮竹《ぜいちく》をザンッと鳴らし、徳兵衛が小声で言った。

「玄庵さま、それにしても派手にやらかしましたな。目付のせがれに決闘状を叩きつけるとは。しかも一撃必殺」

「たぶん知っているだろうが、黒川清十郎こそ奥女中殺しの下手人だ。田津どのをひそかに城外へと誘い出して扼殺し、寛永寺黒門内の桜の枝に逆さづりにした。斬り殺されて当然の悪党だ。天璋院さまからの依頼はきっちりと果たしたぜ」

「すでに報告はすませました。ことのほか天璋院さまもお喜びで、これで田津の無念は晴れたと」

「それはよかった」

「いずれ報奨として百両の特段金が逆井家に届くことに。どこまで好い思いをなさるのですか」

「金は天下の回りものさ。いっこうに回ってこない奴もいるが」

破天荒な浪費家のところには、なぜか大金が次々と転がりこんでくるようになっているらしい。浅右衛門からせしめた百両は、わずか十日で使い切ってしまった。金の大半は惚れた女や知人に贈った。結局、自分の物は何一つ購入しなかった。

そして財布が空になったころ、こうして思いがけない入金がある。やはり玄庵の女運と金運は度はずれていた。

他の男からすれば、こんな不愉快なことはない。

「玄庵さま、あまり調子にのらないほうが」

「存念があるのなら言ってみろ。父親の黒川大膳もうすうす清十郎の悪行を知っていたらしいな。だから謹慎して俺に何も仕掛けてこない」

「勝ったつもりでいるのですね」

つなぎ役の徳兵衛が皮肉っぽく笑った。

そう言われてみると、どこにも達成感はなかった。清十郎を討ったあとも、玄庵の胸奥には苦い澱《おり》がたまっていた。

「そうでもないさ。黒川家が断絶になったとは耳にしていないしな。二人の跡継ぎを亡くし、どうせ先は見えてるが」

「いつも詰めが甘いですね」

「黒川家に何か起こったのか」

「兄弟の死は共に事故死として処理され、おかげであなたに罪科が及ぶことはありません。されど、黒川家の後継者はちゃんと残っています。相つぐ不祥事の責任をとって、大膳が目付役を辞任することと引き替えに、婿養子の田宮芳斉が名門黒川家の総領となりました」

「なんだって！」

予想だにしなかった展開だった。

存亡のふちに立っていた黒川家は、残された一人娘の香澄の許嫁を婿養子に迎えて後継者としたのだ。

下級御家人田宮芳斉の上昇志向はきわだっている。彼は西洋医学を修得して表法印医師となり、さらには閨閥を利用して千石取りの旗本にまで上りつめた。

喉にこみあげる苦いつばを、玄庵はごくりと飲みこんだ。

(殺人事件の根幹は、そいつが殺されて……)

だれがいちばん得をするかの一点につきる。

そう考えれば、兄弟が横死したことにより家督をつぐことになった芳斉が、最も甘い果実を口にしたことになる。

兄の清十郎は共犯者の名を明かさず、一人で女殺しの罪をかぶって死んでいった。

妹思いの兄は、白血病に冒された香澄を救うため、優秀な蘭医の芳斉に後事を託したのではないだろうか。

それですら甘い考えなのかもしれない。

垂れ目の平助が言うように、事件に関わる人物はすべて容疑者なのだ。冷静に一連の流れを再検討すれば、まったく意外な犯人像が浮かび上がってくる。

しかも気弱な共犯者ではなく、無慈悲に女たちの首をしめて木枝に逆さづりにした事件の主犯だった。

そして、その人物の名は。

玄庵が最も信頼し、目標とする学友の田宮芳斉であった。

三

遅ればせに青春の蹉跌《さてつ》を味わった。遊学先の長崎に何か大事なものを忘れてきたような気がする。それは純な若者たちの一瞬のきらめきだったのかもしれない。

まるで食欲がなかった。

外出する気にもなれない。三日も自邸の寝所にひきこもり、田宮芳斉から借り受けた西洋の文献に目を通した。難解な英文の原書を辞書で調べながら読み進めていった。細密な挿絵がついているので、想像をふくらませることができる。

蘭医芳斉の関心は、なぜか西洋の古い民話や怪奇談に向けられていた。その中でも吸血鬼のことが書かれた箇所には、小筆で棒線が引かれてあった。西洋ではバンパイアと呼ばれ、百年も前の検察報告書にＶＡＭＰＩＲＥの横文字が記されていた。

（いったい芳斉は何の研究に没頭していたのだろう）

そこに事件の核心が秘められているのではないか。そんな思いにかられて資料を熟読した。

バンパイアは不死である。

人の生き血を吸って永遠に生き続ける。

しかし本人は血が薄く、昼間は暗い地下室の棺の中で眠っているという。活動するのはまぶしい光のない夜間だけだった。

本の挿絵には痩せぎすで目の大きい美貌の西洋女が描かれていた。バンパイアは生命の根源ともいえる新鮮な血液を吸って、若さと美貌を保っているのだ。

ズンッと寝所の襖がひらき、加代が無遠慮に入ってきた。

「玄庵どの、今日は言いたいことがいっぺーあるど。いくらけったるいか知らねぇども、大の男がメシも食わねぇでからっきしだめでねぇの」

始まった小言を避けるため、難しい英語の原書を見せて煙に巻こうとした。

「蘭医にとって語学は必須だ。少々疲れたので寝転がってエゲレス語の勉強をしておる。邪魔しないでくれ」

「なら、本さ見せてみ。あれまおどろいた。半裸のおなごが人の首に咬みついとる。これが噂の吸血女かや」

無学な飯炊き婆は、パラパラと本をめくって挿絵だけを眺めていた。すぐに読み終わって感想をのべた。

「近くの松林で若いおなごが殺され、逆さづりにされた事件があったべ。この本を見てわかったのっす。あれは変態ではなく血を抜きとるためにやった事。おらの田舎でもヤギの血抜きをするとき、逆さづりにして喉を刃物で切り、どっと流れ出た血をたらいに溜める。その血を死にかけの病人に飲ませれば生き返る。血は命の源じゃでな。あの女殺しの下手人も新鮮な血を必要としておった。たぶん自分の肉親が死病にとりつかれておる男だど」

「何てこった！」

玄庵は立つ瀬がなかった。辞書を片手に三日がかりで読んだ資料の謎を、加代は鼻歌まじりに一瞬で解き明かしてみせたのだ。

連続女殺しの動機は、きっと加代の推察どおりなのだろう。

（ついに最終決着をつける時がきた！）

玄庵はむっくりと床から起き上がった。

ひさしぶりに空腹をおぼえた。台所へ行き、加代がつくってくれた手打ち蕎麦を五枚も食べた。

いったん物事の歯車がうまく回りだすと流れも早い。塞き止められて淀んでいた川藻も、一気に堰をこえて新たな清流に身をまかせる。

その日の午後。逆井邸の表門に赤駕籠が横付けされ、大奥取り締まりの天璋院が訪れた。お忍びなので、供連れの広敷番は十人ほどだった。

下級御家人の逆井家にとっては、末代まで語り継がれる栄誉であった。さすがの加代婆も、玄関口に這いつくばって顔も上げられない。不運にも逆井家当主の泰順は登城していて、お目見えはかなわなかった。

平伏する玄庵に、先導役の徳兵衛が例によって三白眼をぎろりと光らせた。仲良くする気はまったくないらしい。

「この果報者め。どこまでもてたら気がすむ」

「どこまでも」

「うぬぼれ玄庵か。本日の訪問の名目は医療診断とされている」

「上様や御台所の脈をとれるのは奥医師だけだ。寄合医師の出る幕とも思えぬ。そんなことが許されるのかい」

「伝家の宝刀を授かった徳川家の寵臣なら何でも有りだ。さ、早く診療室の清掃をすませてお茶ぐらい用意しろ」

上絹の羽織袴姿の広敷番が居丈高に言った。しかし、その目元にはかすかな笑いジワが刻まれていた。

そばで話を聞いていた加代が、すばやく立ち上がって裏手の厨房へと走りだした。

「一世一代の晴れ舞台だど。おらは台所《でえどこ》で天璋院さまのお口にあうもんを作ってくっから、接待は玄庵どのにまかせた」

「あいよ」

玄庵もいそいで玄関口を箒で掃き清め、乱雑な診療室の器具をかたづけた。

なんとか支度が整ったころ、落飾した尼僧姿の天璋院がお付きの女中を二人だけ連れて入室してきた。そして診療台の上にきちんと正座し、親しげな笑みを玄庵にむけた。

「これが御家人の暮らしぶりかや。質素こそ武士の誉れ」

「はい。ほとんどの者が年五十俵以下の俸禄にて。最下級の御家人などは一人扶持三両一分。おかげで富裕な町人たちから《三一《さんぴん》》と呼ばれるありさま」

「ほほっ、いつ話しても楽しい好男子よな。なればそのサンピンとやらに三百両の特段金を下げ渡しましょうぞ。それで壊れた家屋敷を修理し、医療器具を買いそろえて庶民らの救済を。ゆめゆめ暗き巷の紅灯街で散財なされてはなりませぬぞ」

「畏れ入りました」

玄庵は力なく苦笑するしかなかった。

有り難さと情けなさに身のちぢむ思いだった。予定の三倍の入金は嬉しいが、浪費癖まで指摘されて面目を失ってしまった。

（……つなぎ役の徳兵衛が）

天璋院に報告したにちがいなかった。

お付きの女中らまでが、袂で口を隠して笑っていた。髪型は変わっているが、よく見ると先日寛永寺の桜の樹下で酒を注いでくれた二人の女小姓だった。

居住まいを正した天璋院が、深ぶかと頭を下げた。

「いまは亡き田津にかわって御礼を申しまする」

「もったいない。お顔を上げてください」

「まことに上首尾にて、婦女子を害する悪鬼どもは退治されたようです。女にはやさしく、悪にはきびしい。それでこそ真の男。また幕医たるお父君の慈善活動はよく存じております。日々のおつとめもご立派なれば。近々、将軍家茂公が義兄の孝明天皇にお会いするため京へ上洛なされますが、お付きの医師として泰順どのを推薦しておきました。いずれ老中よりお達しがあるでしょう」

「きっと父も喜びます」

望外の幸運だった。

医師仲間にあなどられてきた糞医師が、十四代将軍の侍医の一人として花の都へ上洛することになったのだ。さんざん親不孝を重ねてきたが、これでやっと父の笑顔を見ることができる。

襖ごしに加代の神妙な声が聞こえた。

「尊い天璋院さまに申し上げます、おらのつくった天ぷら蕎麦を食ってもらえねぇべか。地元の野菜と駿河湾でとれた桜エビを菜種油で揚げてあっから、おからだにゃ悪くねぇべ。毒味は徳兵衛どのがすませたので」

「頂戴いたしましょう」

天璋院が迷わずこたえた。

加代がへっぴり腰で箱膳を運びこんだ。まずは揚げたての桜エビの天ぷらに箸をのばし、一口頬ばった貴婦人が顔をくしゃくしゃにして賞賛の声をあげた。

「今まで食べた物の中でいちばんおいしい」

「ありがたやーッ」

加代がまたも大仰に床に這いつくばった。

半時後。天璋院の一行が帰ったあと、玄庵は下げ渡された特段金を神棚に供えた。

自分が持っていると、いつの間にか使い切ってしまう恐れがあった。

天璋院は蕎麦を二枚たいらげた。飯炊き婆はお褒めの言葉までもらい、すっかり有頂天だった。

玄庵にはなすべき事が残っている。

退治するべき悪鬼は、まだひとり残っているのだ。薬箱を外し、仕込み杖を腰帯にぶっこんだ。

玄関口でふりかえり、加代に声をかけた。

「好人好日か。よかったな」

「えがったァ。あんな良い匂いがするお人に初めて会ったど」

「出かけてくる。行き先は学友の田宮芳斉宅だ」

「玄庵どのがそんな事を言い置くなんて、それも初めてだ。まるで死出の旅みてぇに。な、そうだんべ」

「心配するな。夜遅くにゃ帰ってくる」

さりげなく言って表門を出た。

行く先を告げたのには訳がある。夕刻時に下城する芳斉を待ち伏せて斬るつもりだった。だが逆に射殺される可能性もある。

(旧式で点火が遅い火縄銃とちがって……)

芳斉が所持する連発銃は、接近戦では最強の武器であった。蓮根型の弾倉には六発の銃弾がこめられている。間近で向かい合い、正面から連射されたら防ぎようもない。速さが売りの抜刀術も、短銃の速射には到底かなわなかった。

夕刻まで少しだけ時間の余裕があった。玄庵は本郷から駿河台方面に歩み、兄弟子にあたる石川良信宅を再度訪ねた。西洋医学の知識において彼にまさる蘭医はいない。

書庫に通された玄庵は単刀直入に質問した。

「石川先生。先日は白血病の恐ろしさについて教わりました。血球が白濁する不治の病にて、芳斉の許嫁である香澄さまも余命一月とか。されど、もし血を新しいものに入れ替えれば助かるのではないでしょうか」

「玄庵くんは輸血のことを言ってるんですね」

「血液成分の不足は、他の血液を体内へ入れれば改善されるのでは」

西洋の吸血鬼の件にふれず、玄庵は理詰めに話を進めた。

研究熱心な兄弟子が、書庫から英文の医学書を引き出して答えてくれた。

「二百年ほど前に、イギリスのウィリアム・ハーベーが血液循環論を発表しています。人間を含め、動物の血液は心臓によって全身を循環していると。その論文を読んだ医師が、貧血症の患者に子羊の血液を輸血したところ、たちまち副作用が起こって患者は死亡した。つまり《異種輸血》は死を招く。そして今から四十年前、ブランデルという医師が弛緩性出血の患者たちに画期的な《同種輸血》を試みたのです」

「大胆ですね、人から人への輸血とは。で、その結果は」

「意外にも劇的な効果があったのですよ。半数以上の重症患者が輸血後に症状が軽くなり退院したとか」

玄庵は胸騒ぎをおぼえた。

「石川先生。この話をだれかにしましたか」

「田宮芳斉くんには話しましたよ。熱心に書きとめてました。でも惜しいですね。黒田家に婿養子に入った彼は、せっかく学んだ西洋医学を捨てるようです。髪がのびて髷《まげ》が結える来春ごろ、岳父の大膳さまのあとを継いで目付の役職に就くらしい」

「彼が目付に……」

お目見え以下の御家人にとって、千石の家禄と目付の地位は重い。俊才の田宮芳斉は、来年の春には正式に旗本や御家人たちを統率管理する高級官僚に成り上がるのだ。

学究肌の兄弟子が吐息まじりに言った。

「本当に残念です。幕吏の目付などいくらでも代わりはいるが、あれほどすばらしい才能を持った蘭医はめったにいませんからね」

「同感です」

玄庵は深くうなずいた。

夕刻近く、石川邸を辞して繁華な日本橋通りへと歩を進めた。大店の三越前からは、暮れなずむ彼方に小さな鬼灯《ほおずき》のような富士が遠望できた。

（雄大な霊峰はすべてお見通しなのだ）

玄庵は自分をいましめた。田宮芳斉を討ち取ることは決して正義とは言い切れない。学友の犯した罪業は、すべて白血病の許嫁のためだったとも考えられる。

愛する一人の女の命を救うため、二人の女の命を奪う。

理不尽だが、玄庵も惚れた女に助力して人を殺めた。

それが引き金となって、連続女殺しが始まったともいえる。頭を剃りあげた芳斉がカツラまでかぶり、玄庵に扮して犯行に及んだのはそうした意味合いがあったからかもしれない。

（あるいは、自分の凶行を止めてもらいたくて……）

玄庵はそんな気がした。

ゆっくりと夕闇が舞い降り、町並みを鈍色に溶かしていく。下城の際、芳斉はいつも昌平橋を渡って堀留町の自宅へと帰る。玄庵は同じ道順を進み、川ぞいの柳通りで待つことにした。

かつて同じ場所で黒鍬者に襲われた。

あのときは通りかかった学友の芳斉の銃撃によって救われた。しかし今夜は仇敵として闘わねばならない。

まぎれもなく玄庵は、芳斉にとって義兄の黒川清十郎を斬り殺した仇なのであった。この場で射殺すれば、立派な仇討ちとして岳父の大膳に報告できる。

先日と同じように、頭部をきれいに剃り上げた若い医師が小橋を小走りに渡ってきた。玄庵は刀の柄に右手をかけたまま柳の陰から姿をあらわした。一気に距離をつめ、いつでも抜刀できる体勢をとった。相手が拳銃の撃鉄を起こす前に鞘走らせるつもりだった。

芳斉が橋のたもとでたちどまり、困惑したような表情で言った。

「玄庵、今は会いたくなかった」

「俺もつらい。学友の罪をあばくのは。だがな、おめぇの面体に残った三本の爪痕を見ると斬らねばと思う」

「みっともないな。女に激しく抵抗されて額を引っ掻かれた。首を絞めて殺したが、今でも後味が悪い」

「たとえ可憐な山吹の花を手向けても犠牲者は生き返らないぜ。許嫁の香澄さんも、そこまでして生きのびようとは思っていないはずだ。白血病は不治の病だと石川先生も言っておられた」

病名をだすと、芳斉の語り口が熱をおびた。

まだ蘭医としての自負が残っていた。

「でも、おれは医者として絶対に香澄を救いたかった。ずっと高嶺の花で、初恋の女だったんだ。信じてくれ。身分や財産めあてで婿養子になったわけではない。石川先生から講義を聞き、また輸血によって患者が全治した文献を読み、義兄の清十郎どのに話した」

「つまり清十郎は主犯ではなく共犯だと」

「妹思いのやさしい兄だった。健康で汚れのない奥女中を徳川家の菩提寺に誘い出し、殺したあと逆さづりにして新鮮な血を容器に集めた。一回目の輸血はうまくいき、香澄の容体は持ち直した」

「人から人への同種輸血か」

「そう。年齢が近く健康体の女をねらった。すぐにまた香澄が弱りだしたので、清十郎がなじみの若い仲居を松林に連れこみ、おれが扼殺したあと血をしぼりとった。二度目の輸血は失敗だった。たぶん血液には数種類の形があるらしい。強烈な副作用が起こって香澄は衰弱していくばかりだった」

「それで……」

「死んだよ。先ほど城内の詰め所へ知らせがあって、これから自宅へ帰るところだ。玄庵、通してくれないか。香澄の死顔を一目だけでも見たい。そして罪は自分でつぐなう」

友の懇願に、玄庵は胸をうたれた。

芳斉は潔く罪を認め、後追い自殺で結着をつけようとしていた。

「おめぇにまかせる。香澄さんの葬儀をすませたら自裁しろ」

そう言って、玄庵は刀の柄から右手を離して内懐に入れた。

だが、それは甘すぎる判断だった。

連続女殺しの主犯は血に飢えていた。芳斉の両目が、挿絵で見たバンパイアのように妖しく青光りした。人の生き血を求めるうち、いつしか医師としての良心まで失ったらしい。玄庵さえ葬れば、大膳の後継者として目付にまでのぼりつめることができる。黒川兄弟はすでに横死した。今となれば、亡くなった香澄への愛も疑わしい。正当な血脈は途絶え、下級御家人の芳斉が名門黒川家をのっとった。

ダダッと五、六歩しりぞいた芳斉が、護身用の拳銃を手提げ袋から取りだして撃鉄を起こした。

「これまでだな、玄庵。この距離では抜刀しても刀身は届くまい」

「南蛮渡りの短銃もめったに命中しないぜ。芳斉、最後に一つだけ尋ねていいか」

「遺言がわりに聞いておこう」

「黒鍬者に襲われたあの夜。俺の背後から一発ぶっ放したが、あれはだれをねらって撃ったんだ」

「……玄庵。お前だよ」

「やはりそうか」

青黒い殺気のくまどりが、くっきりと玄庵の目元に浮かんだ。

懐の中の銀かんざしを握り、一瞬の隙をついてサッと投げ放った。ねらいたがわず、芳斉の右腕に突き刺さった。玄庵は走りこみざま一気に抜刀した。

「芳斉ッ、惚れた女のあとを追え！」

ズガーン！

静かな川辺に、激しい烈声と銃撃音が入り交じった。

闇に躍った白刃が横すべりして芳斉の右脛を斬り裂いた。玄庵は二の太刀をふるい、女の遺恨がきざまれた広い額を容赦なく断ち割った。

根深い疲れが心身を浸している。

友の遺体に目を向け、つぶやくように言った。

「……馬鹿野郎め、今度もわざとねらいを外しやがって」

血刀を鞘に納めることもなく、玄庵は夜の川辺に悄然と立ちつくしていた。

《了》

本書は当文庫のための書き下ろしです。

編集協力　遊子堂

文芸社文庫

幕府検死官 玄庵 血（けっとう）闘

二〇一一年八月十五日 初版第一刷発行

著 者 加野厚志
発行者 瓜谷綱延
発行所 株式会社 文芸社
〒一六〇-〇〇二二
東京都新宿区新宿一-一〇-一
電話 〇三-五三六九-三〇六〇（編集）
〇三-五三六九-二二九九（販売）

印刷所 図書印刷株式会社

装幀者 三村淳

© Atsushi Kano 2011 Printed in Japan
乱丁本・落丁本はお手数ですが小社販売部宛にお送りください。
送料小社負担にてお取り替えいたします。
ISBN978-4-286-11224-4